詩人の家

杉山優

SUGIYAMA Masaru

文芸社

目次

入れ歯と目薬

一　入れ歯

今晩も母の食卓の膳は手がつけられないままだ。入れ歯が味噌汁の椀の中に浮かんでいる。焼いた鯵のひらきが御飯を盛った茶碗の横に並んでいる。鯵の腹の真ん中にぽっくり穴があいている。それでも母は食べようとしたらしい。

入れ歯の噛み合わせが悪くて、母はここ数日、ろくに物を食べていない。今日の晩御飯も少しだけ手をつけて、入れ歯の不具合を訴え、あたしは寝不足だからと寝室に引きこもってしまった。

わたしは腕の悪い歯医者であった。母の入れ歯を作り変えたのはこれで三回目である。そのたびに型を取り歯茎《はぐき》が歪《いびつ》にあたる箇所を削るなどして微調整して作ったが、母のくちにフィットしない。

「おふくろよ、あなただけじゃないんだよ。食べ物は肉でも野菜でも細かく刻んで食べるといいよ。入れ歯安定剤は出来ればよした方がいいんだが、あなたが欲しいというなら処方するよ」

母はもう八十四歳になる。もうそれほどたくさんの量を食べなくてもよい年齢だが、それでもわたしに対して大きく目を開けて訴える。あたしの体重はどんどん減っているよ。以前は四十二キロあったのが今は三十九キロしかない……。

娘が「痛い、痛い」と入れ歯を押さえる祖母のテーブルの前でうろちょろして心配そうに見上げる。おばあちゃん、また残すの？　魚食べないの？

妻が子供をたしなめ、食卓につかせながら歯医者のわたしに言う。

「お母さん、あれじゃ可哀想。肉も野菜も刻んだのにそれでも痛い、食べられないと言うのよ。何とかならないの？」

わたしは母が寝室に行くのをなすすべもなく見送る。

「何とかしたいが……いま考えている所だ」

歯が悪くなる前の母はよく町中を歩き回るひとだった。それが最近体力が目に見えて落ち、自宅に引きこもることが多くなった。以前、近所の大型スーパーに買い物に出かけて家に戻って来た時の母の充実した明るい笑顔を思い出す。

今日は乳製品の特売日でチーズに良いのがあった、オリーブオイルを少し重たいけど頑張って買って来たよ、などと嬉しそうに語りかけて来た母の姿は、いまはもうない。母が総入歯の決断をした当初は、細かい要望にこたえて、ここが痛いといえば喜んで対応したが、いまのわたしはもう入れ歯の調整処置はやりつくしたと、母の痛むくちもとを苦い顔で見つめる……まったく無力な歯医者であった。

＊

まずはこんな書き出しで小説を書き始めたたかおだが、すぐに原稿をくしゃくしゃにして捨ててしまった。たかおは歯医者ではない。それに独身で妻も子供もいない。だが母親が入れ歯の具合に悩んでいるのは本当だ。狭い家で、ふたりで暮らして来た大事な母親は、食がほそり、老体の体重は紙のごとく軽くなり、足腰の衰えが目立つようになった。そのことがひどく心配になり、不安のあまり先の続かない小説を書き始めたというわけだ。

たかおは歯医者ではないが、昔、医学の勉強をして挫折した男である。現在は小田原市内にある大型書店の店員であり、それも非正規である。五十五歳の息子が八十四歳の母親の面倒を見る社会的問題がこの家にもある。母親はまだ自立して歩けるが、入れ歯の不具合のせいでいまの生活が崩れていく予感がしてたまらない。たかおはどこかに腕の良い義歯専門の歯科医はないかと探し始めた所だ。

ちなみにたかおが書いていた小説では、主人公が、腕の立つ歯科医で、大学時代の同僚であったもと恋人に相談する展開にするつもりであった。

それはこんな場面である。

＊

主人公は妻に内緒で、もと恋人の歯科医に会う。都内の喫茶店で向かい合ったふたりは、しばらく顔を見合わせていたが、ふっとどちらからともなく溜め息をつき、笑い声を上げてしまった。それがふたりの緊張を解き、彼はかばんから母親の歯のレントゲン写真を取り出すと、もと恋人に見せて意見を聞きたいと切り出した。彼女はコーヒーをテーブルに置いて写真をじっと見つめる。女医は言った。

「これがお母さんの口腔内の所見ね。現在はシリコン義歯を使って、その異和感が強いのね。アゴの形状と噛み合わせを見る必要があるわね」

「おふくろは合わない入れ歯を無理に使っている。微調整はしたが患部の血行が悪くなっているのではないか」

「心配ね。痛い部分の調整しかないけれど普段は外さない方がいいわ、寝る時以外は……」

「最近はつけているだけで痛いと言って外しているんだ。将来はきみに訪問診療を頼むかもしれないよ」

「とにかく炎症に気を付けて。場合によってはまるごと作り替えて。あなたも歯科医なんだから……」

もと恋人はそこで昔ふたりで観に行った映画の話をし始めた。彼女には同じ机を並べて学んだ同業者に対する信頼があった。何しろこの場合、出来る処置は限られているのだから。彼は気が気でなかった。「俺はあなたのように優秀ではない」。それだけ母親のことが心配だったのである。

＊

たかおは本屋の店員として、レジの前に並ぶお客の対応をしながら「カバーはおつけしますか。色を選べます」と受け取った書籍から目をお客の顔に移す。それが老婆だと自分の母親と比べてしまう。今はコロナ禍だからお客はマスクをしているが「このおばあさんの歯は丈夫なんだろうか」とマスクの下のことが気になる。たかおは老人に対しては優しい気持ちになり、いつも励ましの言葉をかけたくなる。本当はたかおの年でレジに立つのは異例なことだったが、店では人手が足りなくていそがしい時は黙認している。やはりレジに立つのは、同じアルバイトで若い大学生のユキちゃんが望ましいのだ。

「おはようございます、たかおさん。寒いですね。体調はどうですか」

とユキちゃんは今朝もほほえみながら店にやって来たたかおに挨拶する。

たかおはタイムカードを押しながら「有難う、ユキちゃん。おはよう」と挨拶を返す。

たかおは早朝、自動車で取次店に注文の書籍を取りに行ったり、返本のデータをパソコンで打ちこんだりして合間にレジに立つ。ユキちゃんは雑誌の整理をしながらお客に尋ねられた本の在庫の有無に対応できるように開店前からパソコンに向かう。開店するとユキちゃんがレジに立つ。

ユキちゃんの笑顔はいつも輝いているとたかおは思う。マスクで顔の半分が隠れるのがもったいないくらい愛らしい。もういい年なのにたかおはその姿を見るとときめいてしまう。

今年の書店の忘年会では、居酒屋でたかおはユキちゃんの隣りに座った。

ユキちゃんはなべ奉行だ。なべを囲んで「鳥肉はどうですか。野菜は？」と店長や他の店員の小皿に料理をよそう役割を引き受ける。宴席でのたかおの話題は乏しいが、店員たちはやはりみんな本を読むのが好きなひとたちだ。なかにはたかおのように密かに小説を書いているのもいる。

忘年会も中盤を過ぎ、雰囲気が落ち着いてくると、たかおはユキちゃんに母親の入れ歯の話をした。「忘年会で入れ歯の話！　たかおくんらしいな」と店長は大笑いして、たかおの肩をたたいた。店長はだいぶ酔っているらしい。

「あら、わたしのおばあちゃんと同じね。おばあちゃんも入れ歯の調子が悪いといつも愚痴を言って……」とユキちゃんはたかおのコップにビールをつぎ足しながら、話に応じる。

なべの中身はもう白菜だけになっている。

「僕自身が腕の立つ歯医者ならどんなにいいかと思うよ。入れ歯の経験がないから、おふくろの痛さが分からないんだ」

ユキちゃんは真剣に答える。

「本当にそう。お年寄りの歯の悩みは深い。おばあちゃんがまだ若かった頃の丈夫な白い歯を思い出すの。おばあちゃんは施設にいるんだけど訪問診療で歯を直しているの……」

「あっ、訪問診療もあるね。ウチはひんぱんに歯医者に通っている。片道三十分も駅まで歩いて」

「たかおさんのお母さんは足は丈夫なのね」

「足腰はまだ丈夫だけど、食が細っちゃったからこの先が心配だ。どうなるか分からない」

たかおはそこで自分の糖尿病の通院を思い出し、ユキちゃんににやっと笑って言う。

「年寄りの歯の診療費は安いね。一回行って三百円ぐらいだ」

ユキちゃんは「だいたいそのくらいね」と同意してから勢いこんで答える。

「おばあちゃんの医療費がこんど二割負担になって、普段の倍になっちゃったでしょ！

ウチのお母さんはそれで役場に行くのが大変。払い過ぎているのがあるらしいの……」

たかおはユキちゃんの話を黙って聞いている。役場の手続きのことは分からないし、そういうことは疎いのだ。店長がたかおの肩をたたいてビールを注ぐ。沈黙の後、店長はくちを開く。

「心配なのは分かるけど、お母さんはまだ歩けるんだろ？　たかおくんの働きでウチの店もずいぶん助かっているんだ。これからも頼みます」

＊

忘年会が終わって次の週の日曜日に、たかおは「一緒に図書館に行こう」と母親を誘った。ＪＲのふたつ先の大きな街にある図書館は、ふたりのお気に入りの場所だった。バスを乗り継いだり電車に乗ったりと道のりは大変だったが、たかおの母親は車輪のついた荷物入れの「ゴロゴロ」を引っ張って息子の後に必死でついていく。

たかおは帰りに母親を定食屋に連れて行きたいと思っていた。入れ歯の具合いは、相変わらず良くない。最近は固形物は肉でも野菜でも全部ミキサーに入れて砕いてからすすっている。そしてそれを美味しいと言う。美味しいわけはない。せめて定食屋で軟らかいハンバーグや好物のエビフライなら年寄りでも食べられるんじゃないかと思ったのだ。

不思議と本当に美味しい物は食べられる母親。年寄りの体ほど分からないものはないとたかおはつくづく感じる。出かける前に「こんどは入れ歯を忘れるなよ」と息子らしく注意する。この間はファミリーレストランで歯を忘れたと言ってスープしか飲めなかったからだ。

図書館で母親はゆっくりと本を選ぶ。図書館では八十を越した老婆はめったに見られないが、カウンターのおねえさんはとりわけ親切に対応してくれる。母親が「少し期限が過ぎてしまってご免なさい」と以前に借りた本をゴロゴロから取り出しカウンターに乗せると、おねえさんはにっこりして受け取る。

たかおは本棚の上段にある本を取ろうとして背伸びしている母親をよく見つける。取ってやると昔の女優が書いたエッセイだった。入れ歯の本もひんぱんに借りる。気に入っている入れ歯の本があって、たかおが「それ、前に借りたじゃないか」と言うと、「あら、初めて借りる本だよ」と大きな緑色の本をかかえてめくって見ている。以前も同じことがあって、その時は「ああ、そうだった……」と自分で本棚に戻したのだが、今回は借りた。入れ歯の挿絵がたくさん入った本だ。

母親は小説は読まない。入れ歯の本とともに、犬の本を器用に見つけ出す。二年前まで家で飼っていた柴犬のゴン。亡くなった柴犬のことが忘れられなくて母親はよく犬の思い出話をたかおにする。年を取ってから特に動物が好きになったようで、動物番組も欠かさず観るし、家の台所と言わず食卓のある居間と言わずトイレの中までも、古いカレンダーから切り取って来た世界の小鳥や犬の写真を貼りつけている。

たかおは思い出す。いつか家の庭の大きな梅の木を窓越しに指さして「たかお、あそこに珍しい小鳥がとまっているよ」と教えてくれたこと。「しっ、静かに」と言われるままに梅の木を見ると、尾の長いあまり見かけない小鳥が枝にとまっている。天からの特別な訪問だ。不思議な雰囲気が漂っている数分間であった。

「今日はいいことがあるよ」とたかおが笑うと、母親は「また来るよ」と呟いていた。

図書館の帰りの定食屋で、母親はエビフライの定食を注文した。エビフライは軟らかくて以前に完食出来たからだ。でも今日は駄目だった。入れ歯安定剤をつけていないためで、口の中で簡単に外れてしまう。エビフライを食べているのか入れ歯を食べているのか分からないと怒ったように愚痴を言ったが、すぐに気を取り直すと、たかおの注文した和風ハンバーグの皿に自分のエビフライを不器用にのせて「あんたにあげるよ」と言った。

たかおはこれでは母親を図書館に誘った甲斐がないと思った。ふたりでいつまでもエビフライを見つめている。これは仕方のないことだった。

「おふくろ、お腹が空いただろ？　大丈夫かい」

「あたしは今はいいや。出来れば美味しいスープが飲みたい」

スープなんてあるかな、とたかおはメニューを確かめると、

「スープはないんだ。ここは定食屋だから味噌汁はある」

母親はただつまらなそうに答える。

「味噌汁もいいけど、どうしても具のわかめが歯にはさまるんだよ」

「入れ歯はこの前ずいぶん良くなったと言ったじゃないか。安定剤をつけなくても平気だと」

「また痛くなっちゃった。もう駄目だね。たかおは食べなよ」

と母親は淋しそうに下を向いた。

＊

家にいる時もふたりの食事はすれ違う。苦労して同じ時間に食卓についても食べるスピードが全く違うし、向こうは入れ歯の掃除をしたり、「あたしゃ食べるのが苦痛だよ」と溜め息をついたりしてなかなか膳に手をつけない。しまいには怒り出して「ひとに見られ

ながら食べるのはご免だよ。ひとりにしてくれ」と息子を二階の部屋に追いやろうとする。

母親を居間に残して二階から再び下りて来たたかおは、しばしば発見する。テーブルでほとんど料理に手をつけないで居眠りをしている母親を。テレビはつけっぱなしだ。その淋しそうな姿を見るたびに、たかおは慌てて「起きて、起きて」と促すのだった。

入れ歯の具合が悪くなってもう一年近く経とうとしている。

いや数ヶ月だろうか。

その間母親はたかおの前でほとんど食べ物をくちに入れていない。最近は御飯のかわりに「玄米フレーク」なるシリアルを自分で牛乳でふやかして「あたしにはこれがピッタリだよ」と言いながら食べている。よくあの食事で生きているものだとたかおは不思議に思う。シリアルだけ食べていても元気なのだから心配はいらない、きっとおふくろは家でひとりで居る間に何か食べているのだろうと気を取り直し、それとなく母親の様子を観察する毎日だ。

季節は年末を過ぎ正月になり、春になった。冬の間に枯れていた庭の雑草や裸になっていた梅の木が、暗緑色の生命力を地面から枝の底に溜め始める。

母親は大型デンキ店へ新しいラジオを見に行きたい、まだ寒いからマフラーを買いたいと言い出した。

たかおの勤める書店でも、春になると学術系の雑誌や参考書が売れ始め、店内は若いひとたちで一杯になる。

たかおと仲の良いユキちゃんは、あの美しい笑顔と気合いで棚の在庫の準備に余念がない。

店長はコロナにかかってしまった。そのぶんユキちゃんに新たな仕事が割り振られ、彼女は大学生で自分の勉強もあったから、その両立でどうしてもたかおにきついことを言ってしまうこともある。たかおはそんな時ユキちゃんを外回りの仕事に誘う。たかおの書店は店頭販売もしているが、その他に、地域の大学の図書館に学術系の雑誌を定期的に納入する仕事もしていた。店の自動車に彼女を乗せてそれら大口の図書館を持つ大学の先生たちに専門書の注文を個別に聞きに行ったりする営業もあるのだ。

たかおは自分の運転する車の助手席でユキちゃんの晴れ晴れとした顔を見るのが嬉しい。ユキちゃんを連れて行くと書籍の売れ行きもいい。

大学の先生は、英語やドイツ語で書かれた書籍のタイトルをたかおに注文する。ユキちゃんは即座に内容を理解して、店で作って来た同じ系統の新刊リストを先生に紹介する。これはウチの店が東京の丸善から独立して引き継いだ仕事でもあった。

＊

春になり花粉飛散の季節になると、鼻をグズグズさせながらも仕事の合間で考えることは母親の入れ歯のことであった。そんな時、心配する自分自身がコロナに感染してしまい十日間の自宅待機となった。

最初の二、三日の高熱の出始めた頃は、役所からパルスオキシメータが郵送されたり、保健所から毎日の容体確認の電話が入ったりしてたかおの頭はパニック状態になってしまった。その気持ちを落ち着かせ、療養を全力で支えてくれたのが母親だった。たかおは高齢者を感染させないことだけを考えた。それでも最初に陽性が分かって病院から自宅に帰った時は、「何であんたが……あたしゃイヤだよ」と怒り出して「勝手にしなさい」と家を飛び出してしまった母親だが、すぐに気を取り直し、家の二階で隔離生活を送る息子に献身的に食事を用意し、運ぶことを引き受けた。自分が食べるよりも息子の食事を優先し、部屋の扉の前に野菜やらハンバーグやら栄養を自分なりに考え抜いて作った皿を置いてくれた母親の姿を、たかおは生涯忘れない。

自分がコロナから回復できたのは、ワクチンの効果もあるだろうが母親の奮闘が大きい。まるっきりコロナのことが分かっていないので、「たかお、濃厚接触者って何だい？」と尋ねるほどだったが、保健所の療養案内のパンフレットに、感染して普段の食事量の半分を切ったら危ないと書かれたのを見て驚き、毎回の食事の皿を豪華に盛り付けてくれたのだった。

療養があけて、ふたりで談笑する中でたかおは考えた。もしコロナにかかったのが母親の方だったら……自分に食事、消毒などこれほど見事にサポートする力があるとは思えないのだ。

それが今度は、たかおが、母親の介護を引き受ける番になったのだ。きっかけは突然やって来た。

庭の梅の木が実を結びかけ陽差しが暖かくなったちょうどその頃だった。思わぬ事が起きた。外出先の道端で転んでしまった母親が、側頭部を打撲し、慢性硬膜下血腫を再発させたのだ。この病気は、脳を包む硬膜とくも膜の間で出血し、意識障害を起こし命に関わる。医者には、こんど再発したら頭を開いて調べることになる。気を付けなさい、と注意されていた。

もうすでに体力が弱っていた所に二週間の入院は苛酷だった。母親は退院した頃には自立歩行が出来なくなっていた。

たかおはすぐに書店の仕事を辞めて病後のベッドに付き添うことに決めた。生活費のことなんか考えていなかった。

書店の店長やユキちゃんは、訪問介護や施設入所の選択肢もある、仕事を辞めることはないと助言してくれたが、これはたかおが以前から覚悟していたことだった。自分に出来ることと出来ないことを考えろとたかおは自問自答したにもかかわらず、母親に万一のことがあったら仕事を辞める、自宅で自分が面倒を見ると決めていたのだ。たかおはなぜ中年にもなって独身のままでいるのだろう。せっかくきみを正社員にしようという話もあったのだが……と店長は辞めると申し出たたかおに言った。

ある時、元気だった頃の母親が笑顔を無理に作ってたかおに諭したものだった。

「あたしの介護のことなんか考えずに自分の時間を大切にしなさい。自分の人生を生きて行きなさい」

仕事をしている間もたかおは母親との人生設計について長いこと考えていたが、ついにその時が来た。

＊

たかおは懸命に介護した。生活全般の不器用さをさらけ出して。母親は寝たきりになり生来の伸びやかな聡明さを失った。息子の名前も分からず、ただ「お願いします。お願いします」と連呼するだけになった。たかおに悲しみにくれている暇はなかった。

食事が大問題だった。固形物は全て御飯も野菜も一緒にミキサーにかけてからスプーンですくって口元へ運んだ。母親は子供のように飲んだり嫌がったりした。普段の母親の怒り、入れ歯への不満がふつふつと湧き上がり、息子のスプーン持つ手を乱暴に払い退けた。そんな時、たかおは母親のある言葉を思い出していた。

たかおが自費で詩集を出版した頃のことだ。二階の自室で中原中也を読んでいる息子を見てぽつりと淋しそうに言ったのだ。

「いくらそのひとの本を読んでも、そのひとになれるわけじゃないのに……」

ある日、母は「水が飲みたい。水が飲みたい。お願いします」と繰り返し訴えた。たかおが急いで脱脂綿に水をふくませて口元をぬらしてやると、安心して子供が見知らぬひとに恥ずかしがって隠れるように顔の半分を布団で隠しながら、目をまっすぐに息子に向けて言った。

「あなたには……あなたには……あたしがいないほうがいい。そうよね？」

母よ、しっかりして下さい。俺の喜びも、悲しみもその全てを生まれた時から理解しているのは世界であなただけなのだから居なくならないで欲しい。居なくなったら淋しい。入れ歯が何だい。こんな物が原因で、あなたを失うのは堪《たま》らない。病気が何だと言うのだ。

「あたしは小鳥になりたい。あそこに小鳥がとまっているよ」と、たかおが何回目かのスプーンを母親の口元に運んだある晩のこと、急にかつての明るさを取り戻したように母親が嬉しそうに言った。

朝、陽光が梅の実の、最後に残っていたひと群に当たっていた。その日は一日中暖かだった。だが翌日午後になり、母親は眠るように息を引き取った。寝たきりになってから二ヶ月後のことだった。

季節は巡り、年がひと回りした。小学校では新一年生が石蹴りをしながら帰り道を駆け回り、雀のさえずりに囲まれて下校する夕べに、母親が居なくなった家の窓際に座り、時々目をうるませながら外の景色を眺めているとたかおは、誰かに呼ばれたと感じた。そして見つけたのだった。庭の梅の木に一羽の小鳥がとまっているのを。

先程からこちらをじっと見つめている。懐かしそうに枝にとまっている。

小鳥はどこから見つけて来たのか嘴《くちばし》に小さな木の実をくわえている。そうしてたかおに、見て見て、と促すように、嘴の中で木の実をくるくる回しながら幸せそうに堅い木の実を食べたのだ。

二　目薬

長年通っていた大学病院の眼科が今年、病院の経営母体が変わることになり診療廃止となった。病院はひさおが住む地域の基幹病院だったから、ひさおはニュースをテレビで観て「えっ、本当なの」と驚いた。「大学病院、つぶれるのか?」同居している八十四歳の母は、町内の個人経営の歯医者や整形外科に通い、眼科はわざわざ東京の有名大学病院に初診を頼むくらいだから直接には困らないものの、三年前に自宅の前の道路で側頭部を打撲し、慢性硬膜下血腫を発症した時にはひさおの救急要請で、この大学病院に搬送されたのだった。

ひさお自身も糖尿病で、歩いて三十分の近所に大学病院があるのは有難いことだった。

眼科にかかる当日は、二十年以上も勤めている電子部品の工場に一日の有給を申請して自宅から徒歩で通院する。本当は、二十年以上勤めたと言っても正社員ではないから休暇を取るのも気をつかうのだ。

ひさおは今年で五十六歳になる。心のどこかで、もう初老になるまで働いたんだ、俺はやりたいようにやる、くびにするならくびにしろと思っている。それでいて気が小さく神経質な所もある。ひさおが押し黙って夕食のテーブルに座っていると母がこんな文句を言う。「あんたは横須賀のおじいさんに似ている。『おじいさんは気が弱くて困る』とおばあさんはよくぐちっていたわ」

母はひさおを悪く言うのにいつも横須賀のおじいさんを引き合いに出す。横須賀のおじいさんとはおやじの父親だ。ひさおはこのおじいさんに好印象を持っている。大人しいがひとを笑わせる愉快なひとで、自分が始めた八百屋の仕事をおばあさんと息子夫婦に任せて、夜はマージャン、昼は居間のテレビの前に寝転んで大相撲を観ていた記憶がある。

そのおじいさんも糖尿病でずいぶん前に亡くなった。

ひさおは二ヶ月後に経営母体が変わる大学病院の、最後の眼科受診に行った。

病院は海岸方向に徒歩で行く。ひとつ山を超えトンネルを抜けて山の天辺《てっぺん》に住宅地が造成されていて、そこから陽の当たるきらめく青い海が見える。エントランスについた時から人気《ひとけ》がなく病院内は閑散としていた。以前は診療を待つ年寄りでいっぱいだったが、今は空いている待合室のベンチが目立つ。

いつものように白衣の助手に呼ばれて眼圧を測定した後に、眼底の状態を診察した先生は、小太りの指でパソコン画面を眺めてから巨体を乗せている椅子を回して、ひさおにゆっくり申し出る。何だかさっぱりした表情をしている。

「実はこの眼科も半年後に存続しているかどうか未定でして……あなたもニュースで知っているでしょう。病院の経営が変わるのです。そこで私が町の眼科医に紹介状を書いてあげます。ここと、駅前の所と、どちらにしますか?」

ひさおは駅前の方ではなく、自宅から内陸へ徒歩で四十分ほどの小さな眼科医院を選んだ。

「ここにします」と医院の名前を告げると先生は、いつもより丁寧な御辞儀をして短い挨拶をした。

「ではお大事に」

目を丸くして笑顔でひさおを送り出す。先生の温和な顔を目に焼き付けるように、ひさおは「今までどうも有難うございました」と挨拶を返した。もっと心をこめた礼を言えばよかったかなと思いながら。

＊

新しく通院することになった町の眼科医院は、内陸の方に歩いて、町で唯一の大型商業施設の横の小さな橋を渡った所にある。周りに他の建物はない。

町の名前を冠した個人経営の医院で、入口の扉に「当医院ではマスクをしてもらいます」と張り紙がしてある。

扉を押して中に入ると、左側にトイレ、右側に待ち合い室がある。トイレのすぐ手前に受け付けがある。

受け付けで老婆が診療の日を何度も確認していた。

狭い待ち合い室は混んでいた。四つある長椅子のすべてが埋まっている。子供を連れたお母さんもいる。長椅子の近くにあるテレビが朝の情報番組を映していて、老人たちはそれを見ている。中年のおばさんやサラリーマン風の男性は携帯をいじくっている。

ひさおは受け付けで、大学病院からここを紹介されたこと、目薬がなくなったこと、八月に入って半月は眼の調子が悪いことを告げた。

どこがどう悪いのかうまく説明出来ないが、ただ見えづらい。

ひさおは座る場所がないので、しばらくテレビの側に立っていた。部屋の奥に眼の測定器具や白く光る視力検査表がかかげてあり、そのそばの椅子を見つけて座った。

眼の調子が悪いと告げたことから、念入りな視力検査が始まった。気さくな感じのおばさん助手が、右と左の眼鏡のレンズを何回も入れ替えて「これで見えますか」と聞く。最適なレンズを見つけ出す作業だ。最後に助手は、「意外と視力はあるのね」とひとりごとのように言う。

やがて名前が呼ばれて、暗室のような診察室に入った。若い眼鏡をかけた女性の医師が、そこだけ電灯に照らされたデスクで紹介状に目を通していた。

「土井先生の紹介状は見ましたけどね。どうしてこうなるまで放っといたの?」

と医師はひさおに質問する。

ひさおは答えに窮して、もらった目薬がなくなったから来たのだと答える。医師はせかせかと急いだ口調で言う。

「あなたの眼圧はとても高い状態です。ここの器具は大学病院のと感じが違うかもしれませんが、高いのは確かです。そこでもっと強い眼圧を下げる薬を処方します。眼圧を下げる薬は眼の状態を傷つけるストレスをかけますから、それを保護するためにヒアルロン酸を処方しますので一日四回、しっかりつけて下さい」

医師はてきぱきと挑むように言うので、圧倒されたひさおは「分かりました」と答えると医師は急に思いついたように意外なことを聞いた。

「あなたは安定剤を飲んでいますね。薬が変わったということはないですか」

「それはないです」

「では、杉田さん、いずれ白内障の手術をすることも考えておいて下さい」

眼科医院を出た時、「手術」の言葉に不安をおぼえながら、かばんに入りきらない目薬の袋にさわった。以前の大学病院の診察は眼圧も常に正常で目薬も一本だけだった……今日から四本もつけるのか。それにいきなり手術の話か。

橋を渡って大型商業施設のフードコートで、昼食を食べた。四本の目薬が高額だったので駅前の銀行に行かねばならない。午後、図書館で本を読む楽しみは無くすつもりはない。

眼圧は何とかなるだろう。どうして急に眼が悪くなったんだろうとひさおはまだ納得出来ない気持ちで、図書館に向かった。

＊

ひさおは五十六歳なのに会社では「お兄ちゃん」と呼ばれていた。パートの女性が多い職場で「お兄ちゃん、おはよう」「お疲れさま」と言い合いながら、主にATMやパチンコ台に取り付ける電子部品のセンサーを製造する毎日だ。ひさおは古株だが給料は時給千円ちょっと。二人暮らしの高齢の母親と自分の食費、交通費（JRで二区間分の通勤定期）、ガス代こみの電気代やNHK受信料、新聞の購読料、それらを払うと、何も残らない。貯金は出来ない。家賃は幸い払わなくていい。親父が建てた築三十年の小さな持ち家がある。ひさおは去年、思い切って家のリフォームを行なった。剥がれかけた屋根を直したのだ。

同居する母親はひさおが会社から帰宅すると夢中で一日の出来事をしゃべり始める。あまり近所付き合いをしない母親で、いつも自分で家事をこなそうとするが、最近は息子の夕飯も作らなくなった。もうその体力がないのだ。それに母親には持病がある。

年を取った今では「年がら年中」と言いたくなるほど奇妙な事を言うようになった。外出すると見知らぬ女性に追いかけられたとか、テレビのニュース番組が自分に向けて嫌がらせの放送をする、テレビを買いかえてくれとか。近頃多いのは留守の時に誰かが忍びこんで帽子やステッキの場所を置きかえているという苦情だ。

ひさおはこれは年のせいもあると考える。でもいくら妙な事を言い、体が老いても、母親はけっして施設には入れないと決めている。息子の性格を知り抜いて、ふさぎこんでいると、「どうしたの?」と聞いてきたり、たまには息子の会社の愚痴を聞いて叱ったり笑ったりする母親と一緒にいると、とても施設に預ける気がしないのだ。

それからもうひとつ、ひさおには大切にしていることがある。実は趣味で小説を書いているのだ。書いたものは今までひとに見せたことはない。原稿を机の奥に仕舞っている。

でもかなり以前、会社で小説を書いていると打ちあけた女性がひとりいる。かつてひさおが所属していた製品の受け入れ検査部門で働いているユキちゃんだ。ユキちゃんの顔を見るために会社に通っていると思うこともあり、部署は違うのに朝、階段をかけあがって、今日は来ているか、などとわくわくしながら挨拶に行くこともある。彼女はよく欠勤する。体が弱いのだ。おとなしいひとで、格別に美しいというわけではないが、ひさおの意中のひとである。ユキちゃんもひさおに朝の挨拶を返してくれるから、満更でもないかもしれない。

でも好きだと伝えたことはない。二人の間には距離がある。それにひさおは自分の年齢も考える。ユキちゃんは若い。告白はあきらめている。

＊

そんな毎日でふた月が経ち、町の眼科医院で眼の調子を見てもらう日が来た。高い眼圧はどうなったか。

眼科医院は相変わらず混んでいた。四つのベンチはうまっていたが、初老の男性が受付けで薬の説明をうけて立ち上がり出て行ったので、すぐに空いた場所に座った。

この日の医院内の空気は冷たくぴりぴりしていた。

あの、眼鏡をかけた医師が、光を落とした診察室で老婆に、「もっとアゴを乗せて！」などと大きな声を上げるのが聞こえる。大人しい男性の患者へは眼底が出血しているようだと言い、溜め息をついて、糖尿病の様子や、以前に大学病院に行ったのはいつかと詰問している。

医師は怒っている。そればかりか診察室と検査室の間を行ったり来たりして落ち着かず明らかに気が立っていた。

いつもの感じのいい助手のおばさんが傍に立って「目薬は足りていましたか」とひさおに声をかけた。

「足りていました」と答えて、病院内のいらいらを自分だけ逃れているかのように、笑顔で辺りを見回した。

ひさおには自信があった。前回、三本も処方された目薬は朝、晩としっかり欠かさずつけたのだ。眼圧は下がったかどうか分からないが、経験から考えれば上がりっぱなしとはならないはずである。

ところが名前を呼ばれて診察室で医師に顕微鏡のような器具を目に当てられ対面した時に、予想は一変した。医師は診た瞬間に「これは、これは」と驚き、ヒアルロン酸の名前こそ口に出さなかったものの、ひさおがその目薬をつけるのを怠っていたのを発見した。そして眼の状態が取りかえしがつかないほど荒れてしまったと告げたのだ。

確かに眼圧のことばかり考えてヒアルロン酸をつけなかったひさおの失策だった。眼圧を下げる目薬だけつけていればよいと勘違いしていた。

医師は怒りのあまりひさおの頭を器具で固定しておいて「薬で太くなったまつげを少し抜きます」と言って数本引き抜いた。それから高ぶった自分の気持ちをいったん鎮めて、「こうなっては、ヒアルロン酸の目薬の濃度をもっと強くします。それからいずれ手術の話になるかと思いますので」と言い放ち、口調がきつすぎたかと思い直したのか「確かに眼圧は下がりましたけどね」と付け加えた。

ひさおが診察室を退出して待ち合い室で待っている間も、若い助手に「ああ、今のひと、写真に撮っとくべきだった」とぼやくのが聞こえた。

ひさおは目薬をもらい医院の外に出た。小さな橋を渡って大型商業施設の前に来るまで、前かがみになって渡された目薬の袋を押しこめるようにかばんに入れようとした。午後の図書館の予定はやめにした。昼なのに腹は空かない。頭の中は医師の「手術」の言葉でいっぱいだった。緑内障の手術という意味か、よく分からず、こわくて尋ねることも出来なかった。自宅まで歩いて帰るのがつらい。橋の上でやけにたくさんの老人が歩いているなと思いながら、やっと目薬をかばんの中にしまった。今日という日は一日の全体が、変に白っぽく作りもののように感じられた。

以後、ひさおは朝夕の目薬をさすとともに、日に四回ささなければならないヒアルロン酸の目薬を欠かさずつけた。目の底に常時、目薬の湖があって絶えずそこに新しい目薬を注ぎこむ感覚があった。

＊

眼の状態が荒れてしまったのは修復可能なのか、なぜ「取りかえしがつかない」と医師が表現したのか、と何度も思い出そうとして失敗した。

あの日、自宅に帰って母親に「手術になるかもしれない」と告げた時、母親は「あの先生は大袈裟なひと。あたしは白内障の手術をして周りのひとに『左眼の手術はよした方がいいわよ』と言われたことがある」と答えた。

「白内障じゃなくて緑内障の手術だと思う」と言うと、

「あんた、先生に言われたからって即断しない方がいい。他の病院にも行きなさい」と母親は強くすすめた。それから自分が診てもらいに行く東京の大学病院の話になって、病院の近くに建つ国会議事堂の思い出話（母親は若い頃に見学に行ったのだ）につながり、終いに果てのない年寄りの愚痴になってしまった。

話半分で聞いていたひさおは、まだ自分の手術が白内障か緑内障か考えつづけていた。「緑内障だったら大ごとだな」と本当の事を知りたくない気持ちもあった。

自分の眼は早い時期に失明すると決めてしまったのはこの時である。次回の眼科の受診の時に具体的な手術の話になるだろう。

手術は失敗する可能性だってある。だからまだ見えている二ヶ月の間にやりたい事をやるとひさおは何度も頭の中で繰り返した。見えなくなれば好きな読書も母親の世話も出来なくなる。

それからもうひとつ、「そうだ、家で書きためた小説を発表しよう」。それには文学賞に応募するに限る。自分はパソコンをやらないから応募出来る賞は限られる。募集要件が制限されるのだ。今時手書きの原稿を受け付けてくれる文学賞などあるのか。

まずひさおは休日に大型書店に行って公募雑誌を買って来た。小説の募集記事は幾つもあった。だが、Ｗｅｂじゃない原稿を受けつける文学賞はひとつもない。偶《たま》にワープロの制限がなくても「詳細はインターネットの要件を見ろ」と注意書きがあって役に立たなかった。

時間が無駄に過ぎていく。気ばかり焦っているうちに、隣り町の小さな図書館の隅に置いてあった一枚のちらしを見つけた。小説の募集要項があったのだ。それは地方新聞主宰の「これから老いに向かうひとたちの豊かな後半戦を応援する」と題された地方の文学賞である。内容をよく読んでみると手書き原稿の郵送も可、とある。

四百字詰原稿用紙の三十枚以上は長編部門で、それ以下は短編部門だ。おそらく会社をリタイアしたひとや高齢者の応募も想定している文学賞であり、ゆえに手書き原稿も受け付けるのだ。

ひさおは心の中で「ビンゴ！」と叫ぶ。すぐに自分が以前に書いたひとつの短編小説を思い浮かべた。「あれを清書して応募するのだ」。ひさおはふだん書いたものを発表する意志はもともとなくて密かに無地の大学ノートに草稿を書いていた。中高年や高齢者の応募を想定している文学賞にぴったりの作品が幾つかあった。

翌日から、ひさおは「仕事とは無関係な」大学ノートをカバンの中にいれて会社に出勤した。

会社の帰りに、ＪＲでふた駅ほど西に下った駅ビル内の市立図書館に通う。そこは新しく出来た商業施設の中にあり、開館時間が夜の九時まで。ひさおは毎日、図書館の窓際にずらりと設えられた自習机を予約し、閉館まで座って小説の原稿を清書した。

ひとつだけ、不安なことがあった。小説のノートを会社に持って行くこと。カバンは鍵のかかるロッカーに入れるのだが、いくら鍵がかかると言っても小説のノートをロッカーに保管するのは、以前のひさおだったら間違いなくしなかった。だが今回は誰かに盗み読まれてもいい、どうにでもなれ、と思った。以前、自分のロッカーが密かにこじ開けられた痕跡を見つけて驚いたひさおは、やむを得ず一日だけ自作の詩の原稿を保管していたのだが、以来、自分の趣味で書いたものは会社にいっさい持ち込まなくなった。

その時受けたショックは自分の病気のせいかもしれないと疑ったが、夜は欠かさず安定剤を飲んでいるし、今回清書する小説をロッカーに保管するのに抵抗はまるでなかった。

ひさおの仕事場である検査室はロッカーの真横に位置していたのだが、ロッカーで数人の男がおしゃべりしているのが聞こえた。壁を隔てて姿は見えない。「どうせ下らないものだよ」と男がもうひとりに話しかけている。自分の小説が読まれたかと一瞬驚いた。でも近いうちに眼の手術をして失明するかもしれない自分がそんな小さな事を気にしてどうする。もう周りの思惑はいっさい気にすまい。自分はこの二ヶ月の間にやろうと思ったことをやるだけだと気を取り直したのだった。

＊

その日からひさおの静かな奮闘が始まった。図書館で「またあいつがいる」と言われた気がした。草稿を一日に三枚清書するだけでくたびれてしまった。短い原稿だから二ヶ月もかからない。一体どんな小説なのか。それは「入れ歯」と題された老人小説である。なぜ「入れ歯」なのか。これは「自分の大切なひとが年を取ること」がいかに苦しいかという小説である。

＊

清書をしていて、母親の語が頻出するのが気になる。ある程度推敲してそのままにした。小説に描出された自分の現状は少し推敲したくらいでは隠せないだろう。

「入れ歯」の原稿が完成して、一息吐いている頃、会社では、従業員をカフェテリアに集めて夏期の賞与を支給する季節になった。

社長がひとりひとりの名前を呼び上げて呼ばれた契約社員が明細書を受け取りに行く。ひさおも「どうも有難うございます」と一礼して受け取る。ところが今年は渡される前に社長の以下の言葉があった。

「みなさん、今年も夏期の賞与を支給します。今年はウチも世間並みに年に三回支給して来た賞与を夏と冬の二回にします。私もいつまで社長を続けていられるか分からない身だし、世間も不景気だしね。みなさん各自、明細書を見て下さい。二回になったがそれぞれの働きに応じて総体で減らないようにしたつもりです。明日、振り込みですから銀行に行って驚かないで。明細を見て、もし減っているひとがいても御免なさいね。私に文句を言わないで」

社長は周囲の笑いを取り、周りの従業員も冗談を聞いたように笑い、賞与の手渡しが始まった。

唐突にひさおの心に怒りが沸き起こった。

ずらりと並ぶ目の先に順番を待っているユキちゃんがいる。彼女の姿をとらえつつ、こう思った。

「俺の賞与は確実に減る。もうこんなのは嫌だ。生きている間に自分のしたいことをやらないで何が人生だ！」

ひさおは賞与をもらってそれぞれの仕事場へ引き揚げていく従業員の中からユキちゃんを追いかけて声をかける。

「ユキちゃん、前に小説を書き上げたら読んでくれると言ってくれたね」

ユキちゃんは驚いたようにひさおの顔を見た。すぐに笑顔になって自分の席に落ち着くと、

「書いたんですか。すごい。何て言うタイトルなの？」

「入れ歯！」とひさおは怒ったようにひとこと言った。ユキちゃんはひさおが可笑《おか》しかったのか、くすっと笑って「入れ歯？」。

「うん、明日、原稿をコピーして手渡すよ。ぜひ感想を聞かせて欲しい」

緊張でひさおは石像のように突っ立っている。

「いいですよ」それから彼女は不安を感じたのか、前に読むと約束したのを後悔したのか知らないが、それでも笑顔でひさおを見ていた。

ひさおは「入れ歯」を読んでもらうことで、ユキちゃんに自分のことを知ってもらいたかった。ユキちゃんもひさおのことを知りたいと思っているのではないか。思い過ごしかもしれないが。

ユキちゃんには彼氏がいるかもしれないのに、ひさおは一方的にユキちゃんのことを思っていた。数年前からユキちゃんの部署の繁忙期に仕事の応援に行っていたのだが、ユキちゃんが困った時に頼りにされているという自負もあった。逆にユキちゃんが自分の仕事を助けてくれたこともある。

彼女が自分を見る、あの笑顔は真実だ。もし彼女が自分の告白を待っているとしたら、この小説はおそらく、ふたりの呪縛を解き放つだろうと思った。ひさおはユキちゃんの時間を無駄にしたくなかった。老いた母親と暮らす現状を知ってもらうというのが目的だった。ユキちゃんは「入れ歯」を読んで自分のことを諦めるかもしれない。だが、こんな自分でいいのなら……という淡い期待もないではなかったのだ。

後日、ユキちゃんに原稿のコピーを渡そうと三階の階段をかけ上がった時、ロッカーの前でユキちゃんが同僚の女性社員と話しているのが聞こえた。「きっとデートになるわよ」。

彼女は厳しい顔つきをして仕事場に立ち去ったが、ひさおは気にしなかった。自分の年齢のことを考える。年齢と言えば、ユキちゃんはいつか「ひさおさんはまだ若いわよ」と言ってくれたのを思い出した。

ユキちゃんに原稿を渡して、原稿の最後の余白にこう書いた。

「ゆっくりでもいいから、後日、感想を聞かせて下さい」

それに対して笑顔で応じてくれたユキちゃん。だがすでにその日のうちにひさおと同じ部署で働く沢田さんがこう言って来たのには驚いた。

「ひさおさん、ユキちゃんに小説の原稿を渡したでしょう？」

沢田さんとは、ひさおはよく文学の話をする。そういう話のできる同僚はひさおにとって沢田さんしかいないのだが、友人である沢田さんはよく息子の話をする。旦那はどんなひとなのか知らないが、きっとうまくいっていないのではないかとひさおは推察していた。沢田さんと読んだ小説の話をして盛り上がることもあるが、恋愛の対象としては彼女を見ていなかった。沢田さんは年齢のわりには年を食った顔立ちをしていた。いつも疲れたような、率先して残業を引き受ける働き者の中年女性だった。沢田さんは困った時に笑顔でひさおの仕事の細かい所を手伝ってもくれる。「ひさおさんは私にとって特別なひとなの」と言ったこともある。

　沢田さんは話を続けた。

「ユキちゃんに聞いたわよ。ついに小説を書いたんだって？　私にも読ませてよ。ねえ、読んでもいい？」

　ひさおは沢田さんの真剣な表情を見て即断した。

「別に読んでもいいよ。後で感想を聞かせてくれ」

　ユキちゃんは後でひさおに言った。

「沢田さんに小説のこと、教えたの悪かった？　彼女に読ませても問題ない？」

「いいよ。ユキちゃんが読んだ後に沢田さんに渡して下さい」

　ユキちゃんは心なしか安心したように「……そう、よかった」と答えた。

　これで俺が小説を書いたことが会社じゅうに知れ渡る。本心ではユキちゃんとふたりだけの秘密にしたかったのだ。感想をユキちゃんに聞く時に会社の近くの十字路を曲がった所にある喫茶店、「エリア」にユキちゃんを誘うことも考えていた。それじゃあ沢田さんも来てもらってふたりに感想を聞こうか。でも、それはデートではない。自分の書いた小説をひとに読ませるということが、社内に波乱をまき起こす。そんな気がしてこわくなった。

＊

沢田さんとはよく同じ部屋で仕事をする。製品検査室で、ふたりだけになることもある。各種の機械が立ち並んだ雑然とした部屋だ。ユキちゃんはひとつ上の階で、中国で製造された量産品のＬＥＤセンサーを抜き取り検査している。

沢田さんはＬＥＤセンサーの基盤部分を大きな機械で洗浄しながら、横で小さな素子選別機を運転しているひさおに話しかけた。

「どうしてユキちゃんに読んでもらおうと思ったの？」

「前に、ずいぶん前だけど、読んでもいいと言ってくれたんだ。一緒に仕事をした時に」

「あまり小説を読むようなひとに見えないけどね。ユキちゃんはどんな感想を言うかしら」

「短編だけどゆっくり読んでくれと頼んである。沢田さんの所にまわって来るのもきっと遅いよ」

「ねえ、ウチの息子も中学生の時に文章を書いてね。本もよく読むけど小説より評論が好きね。論理的な文章を書いて先生にほめられてね」

「沢田さんの息子は優秀なんだ。将来は東大かい？」

「まさか……あの、ひさおさんの小説、息子に読ませてもいい？」

ひさおは原稿が沢田さんに知られた時点で、くそっと思い「別にいいよ」と答えたが、確かにユキちゃんより沢田さんの方が小説の読み巧者だろうと思う。でも「入れ歯」はユキちゃんに読んでもらいたかった作品だ。「入れ歯」は自分でも小説として価値のあるものかどうか分からなかった。文学賞に応募すればはっきりするかもしれないが、ひさおは九十九パーセントの確率で落選するだろうと思っていた。それでもいい。ユキちゃんが読んでくれれば、彼女とささやかな接点が出来れば。だから沢田さんが次のように頼んで来た時、本当にどうしようかと答えに窮した。

「ひさおさん、今度、小説を書いたら私が読むから教えてね」

すでに沢田さんはユキちゃんから「入れ歯」というタイトルを聞いて知っていて、変なタイトルだからふたりでひとしきり笑ったかもしれない。

やがて原稿を沢田さんが読む番になって、彼女が読み始めた時、「私は読むのが遅いのよ」と言いつつ、「この話は最後にどういう展開になるのかしら」と尋ねられたひさおは、この小説の小説としての価値を考えずにいられなくなった。

「ちゃんと終わるのかしら。悲しい話？」

「悲しいかもしれない。あまり深刻に考えないで……」

ひさおは作品の本当の価値を知るために、小説ではなく、アンデルセンやグリムなどの名作童話を読んでみた。「入れ歯」はとくにラストの梅の木の場面がまさにそうであるように、小説と言うより童話と呼べないか。大人が読む現代的な童話としてなら文学作品と呼べるかもしれないと思った。

＊

「入れ歯」が沢田さんの手に渡るまで、ユキちゃんは三週間もかけて作品を読みつづけ、ひとりで何か考えていた。ユキちゃんは読み終わっても感想を自分から言わなかった。いつも通りにひさおに笑顔で接してくれる。

昼休みになってユキちゃんが皆と離れて、会社のカフェテリアの自動販売機の前でウーロン茶を購入している折に聞いてみた。

「あの小説、読んでどうだった？」

出て来た飲料がウーロン茶であることを確認してユキちゃんは「うん」と頷いてからこう答えた。

「面白かったです」

「えっ？」ひさおは自分の持っているコーヒーカップを落としそうになった。急に小便がしたくなった。

「面白いってどう面白かったの？　くわしく聞かせて」

ひさおはユキちゃんの言葉に異質な感性を感じた。自分は宇宙人のような彼女をデートに誘おうとしていたのか。

ユキちゃんはこわばった笑顔から「面白かった」ともう一度言い立ち去ってしまう。ひさおはひとりになってまた考える。カフェテリアは混んで来たが、同僚に「ひさおさん、昼は何を食べたの？」と聞かれても生返事しか出来なかった。

後でユキちゃんが三時休憩で検査機の机の前にひとりでいる時、もう一度聞いてみた。

「面白いって言葉は意味深だね？」

「読めば分かりますよ」とユキちゃんは言葉を探している。面白いという評価はつまらないと言われるよりいいかもしれないが、それだけユキちゃんが自分から遠ざかり目の前からいなくなったように感じた。

「とても書店の仕事にくわしいけれど、あれは実体験なの？」とユキちゃんは尋ねた。

「以前、大阪の書店に勤めていたんだ」とひさおは答えてユキちゃんは納得顔をする。

「あの主人公はひさおさん自身ですか？」

「全部想像というわけではない。ウチの母親が入れ歯の不具合に苦労しているのも事実なんだ」

ユキちゃんの心は読めない。複雑な表情というのはたいていい無表情だ。

ひさおの心にユキちゃんの次の言葉が響いた。それは実際に言われたのか、後で判別がつかなくなった。

「あれを読んで、ひさおさんが『ああ、こういうひとなんだ』って分かりました」

ひさおは会社で不穏な空気を感じ始めていた。ユキちゃんに小説の原稿を渡してから、自分が仕事をしている検査室へたびたび上司が見回りに来るようになった。

ひさおの顔を見て怪訝《けげん》な表情をうかべる上司は、小説のことも何も言わず通り過ぎていく。何か言いたそうにしてやめた時もあった。ひさおの担当するＬＥＤ素子を選別する小さな機械は、順調に動いているので文句を言われることはない。ただ、少しでも故障すると、今までとは違う邪険な態度をとられそうであった。もういいかげんにその程度の故障は自分で直してくれと言われそうであった。

沢田さんはもうずいぶん時間が経つのに「入れ歯」の感想をひとことも言わない。一緒に検査室にいて談笑はする。でも「入れ歯」の話題は避けている風であった。

ひさおは沢田さんがミステリー好きなのを知っていた。ミステリー好きの感覚で、あの小説を読んでも面白くないのは当然だ。でもそれでは「入れ歯」は純文学作品なのかと問われると何か違う。そうだ、やはりあれは大人のための童話だ。現代的な話題を扱っている童話だと考えた方がしっくりいくのだ。

ひさおは小説と童話はどこが違うか考えてみた。

そして、こう考えた。童話は、作品をつらぬく作家の集中力が、脇目も振らず一点に向かう。子供が花を見るとまさに花しか見ないように、興味の大きな重りを目の前にかかげて作品化される。

それに対して小説は、テーマが終局に向かうまでに各場面の横のつながりと対話しながらあらゆる状況を引き連れてゆっくりと重層的に話が進んでいく。

だから小説は本当に散文で、童話は終局が詩のようにファンタジックに投げ出されてもよい。また、こうも言える。小説の中に童話が入ることは可能だが、童話の中に小説が入ることはない。だから「入れ歯」をもっと大きな小説の中に入れて現代小説に仕立てることも出来たかもしれない。

子供は小説は読まないが、花のように美しいものに意識を集中させることは出来る。自分が童話の書き手から小説の書き手に脱皮するには何が必要か。子供のように、詩的なシーンを彫琢《ちょうたく》するだけでは駄目なのだ。

ひさおは横のつながりである現実世界に動きと活力を与えるために、ユキちゃんにある申し出をするつもりであった。沢田さんに釘を刺されて第二作を見せられなくなったが、ユキちゃんに「沢田さんには内緒だよ」と断りつつデートを申し込むのだ。ユキちゃんはいま彼氏がいないことは知っていた。「内緒だよ」と断りながら誘うのだから勇気がいる。しかも最初は失敗するデートがいいんだと考えていた。その方が気持ち的に誘いやすい。いいじゃないか。五十を半分以上過ぎた年齢でも夢見るちからは残されている。最初は失敗する申し込みで、ユキちゃんが拒否すればそれはそれでよい。

＊

ユキちゃんの様子は以前と変わらない。むしろ前より晴れやかな表情でひさおを見ているようにみえた。彼女は「また小説を書いているんですか」と聞くこともあった。そんな時、「最近は小説の書き方に関する本を読んでいるけれど、そういう本を読むほどに小説が書けなくなる」と答えた。ユキちゃんはダメ、ダメと手を振って「ひさおさんは自由に書いた方がいい」と仕草で示してくれることもあった。

会社には畳八畳の休憩室がある。

昼休みにユキちゃんはそこにいるだろうと見当をつけて会いに行く。休憩室はテレビがつけっぱなしだ。

電動式のマッサージチェアで寝ている係長がいる中で、彼女は壁に足をつけて倒立をしていた。

「ユキちゃん、いつもそうしているの？」

「たまに頭がぼんやりしている時に……たまにね」

頭に血が上っているほうが間違いが起こるかもしれない。ひさおは一息に話しかける。

「ユキちゃん、俺はあの『入れ歯』を地方の文学賞に応募した。もし受賞したら一緒に受賞式に来てくれないか？」

「えっ？」壁からバタリと足を倒してうずくまるユキちゃん。顔を真っ赤にして大きく目を開けている。

「受賞式？」

しばらく無言でひさおを見ている。

「心配しなくてもいいよ。受賞する確率は九十九パーセントないんだから」

「そんなに自信ないの？」

「確率的にはそのくらい。文学の世界は甘くない。俺はよく知っているんだ」

「それでも誘うの？　どうして……」

「駄目かい？　夢ぐらいみたっていいだろ。つまらない人生を面白くするために」

ユキちゃんはしばらく考えていた。顔を曇らせている。やはり駄目かと思い、他のひとがいる所でなぜ誘うの、と文句のひとつでも言われるかと覚悟したが、意外な答えが返って来た。

「もし落選したら残念会を開きましょうよ。沢田さんも呼んで」

ひさおは泣き笑いだった。沢田さんがいるとデートにならないが、この際は仕方がない。とにかくみんなで大騒ぎがしたくなった。

そばで聞いていた係長がマッサージチェアから声をかける。

「俺も呼んでくれよ」。パートのおばさんが「宴会だね？　久しぶりね」と笑った。

圧倒的に残念会の確率のほうが高いのだ。係長には、最近、コロナ禍があけてから親睦会をやってないな、という思いもあった。新入社員も入ったことだし、ひさおの小説は童話であろうとなかろうと、文学賞に応募したことで会社みんなの親睦という意味の活性化に貢献することになったのである。文学として一本立ちすることなく。

「何だよ。その小説、俺にも読ませろよ」と係長は半ば真剣な表情を作って言った。

＊

久方ぶりに眼科医院に行く。待ち合い室は空いていた。

ヒアルロン酸を一日に四回、しっかり差したひさおは、診察を終えて医師の言葉を待った。医師は「今日は眼圧が高くないかの確認です。両目とも悪くない値です」と穏やかに答え、笑顔を見せないまでも真面目な口調で「それでは、また二ヶ月分の目薬を出しておきます。また来て下さい」と言った。この先生にしては声が明るい。ひさおは安堵した。先生は「手術」の「手」の字も口に出さなかったのだ。

それで、少し不様に見えるほど「よかった、よかった！　先生、有難うございます」と椅子から転げるように立ち上がり礼を述べたひさおは、眼科医院を出て川沿いの道を勢いよく歩いた。あそこでコーヒーを飲もうと思った。

大型商業施設の休憩エリアは年寄りでいっぱいだった。そこでブラックコーヒーを味わいつつ「入れ歯」の事を考えた。

今度は小説らしい小説を書くぞ。そうだ、ヒロインをまたユキちゃんにして、次回作の小説は、主人公の心の動きを詳らかにつづった私小説にしようと、ひさおはもう書いたつもりになって意気込むのだった。

詩人の家

はじめは子供の喧嘩だと思っていたその地区の住人が、ますぞうと呼ばれる青年の死を目撃したとき、自分たちが手塩にかけてきた子供たちの教育のしかたを根本から疑ったのは事実だ。それはまぎれもなく殺人だった。関東地方の湘南に位置する海沿いの小さな街にとって、殺人事件は寝耳に水だった。けしかけたのはわたしたち大人のほうだったと誰かが批難すれば、堅く自宅の扉を閉ざし、うそだ！と反駁する表向きの顔の陰で、思いあたる過去の感情の記憶がないわけではなかった。そのますぞうに対する田舎のひとらしい嫉妬や羨望、反発が子供たちに伝染し、ついに殺人にまで至ったと考えないではいられなかったからだ。

ますぞうの一家が京都からその地区に引っ越して来たのはちょうど十年前だ。いや、引っ越して来たというより帰って来たというのが本当で、ますぞうが高校一年生のとき、父の転勤で一家で京都に越していき、再び十五年後にここに戻って来たのだ。高校一年の当時のますぞうは色の白い、おとなしい可愛い子供だった。目鼻立ちの整いすぎた感じさえする美しい少年が十数年後、就職もせずその地区に両親とともに帰って来たときは顔は相変わらずきれいだったが、以前のどことなくぼんやりとした感じがなくなって、美顔をあえて隠すような度の強い眼鏡をかけた、つまりは知的な暗い雰囲気のする青年に変貌していた。

ますぞうは京都の大学でハイデガーの哲学を学びヘルダーリンを読んだと雑誌社のインタビューに答えている。彼はいつの間にかその田舎街ののんびりとした明るい屈託のない少年から、わが国の先端をリードする現代詩の暗い知性的な書き手に脱皮していたのだ。何と彼は日本を代表するひとりの有望な詩人になっていた。ますぞうが最初の詩集を自費で出版したのは彼が関東に帰って来てから半年後のことだったが、この時点でますぞうに注目していた者などこの小さな街でただのひとりもいなかった。彼は密かに京都で書き継いだ詩稿を携えて故郷に帰って来たのであり、ますぞうの近所の者はこの青年をまだ仕事さえ見つけられない親がかりの、自分たちの邪魔にさえならないやつと見て取っていたのだ。

それにますぞうは引っ越して来た当初は、家にこもってばかりいたので、なおさら目立たない存在だった。そのことが、つまりますぞうを注目に値しない人間だと見誤ったことが、後に思い通りに詩人としてデビューさせてしまった原因を作ったと近所の悪ガキたちは考えていたのだった。彼らの嘆きは相当なものでグループのひとりはこう叫んだ。「うまくやったな！」ますぞうのあまりにも鮮やかな第一詩集出版の手際から、彼を追い回し始めた悪ガキグループのひとりは道端で偶然を装った出会い頭にますぞうに唾を吐きかけた。「お前は町の恥だ！」「この土地に詩人なんていらない！」「出て行け」。

ますぞうは三十をすこし過ぎた年で、彼の風貌をまじまじと眺めつつ街の中央をつらぬく目抜き通りを歩いている詩人に悪ガキたちのリーダーはこんな感想をぶつけた。「あいつ、まるで女の子みたいだな」。

「おい、捨てるなら俺たちにくれよ！」。ますぞうは母親と暮らす三丁目の自宅の二階のひと部屋をカーテンを閉め切りにして過ごしていた。ますぞうは自室で思索したり読書や勉強をしていたのだが、その姿は隣の家の部屋から丸見えだった。ますぞうの部屋の引き手小窓が壊れていたからである。ますぞうの家の隣りのM氏の二階の空き部屋がますぞうを見張る悪ガキたちの溜まり場になった。ますぞうが思いあぐねて書いた原稿を丸めて捨てようとした瞬間、「おい、俺たちにそれをくれ」と悪ガキたちは言ったのだ。彼らがますぞうの第一詩集の出版に気付いたのもM氏の部屋に集まっていたときだった。M氏の息子は気の弱い大人しい性格だったので悪ガキたちに空き部屋を占拠されてしまっても文句を言えずにいたが、息子の親であるM氏は悪ガキたちがますぞうに対してひどい悪態をついて話し合っているのを見てもそのまま見て見ぬ振りをしていた。第一にはただの子供の遊びの集まりだと考えていたのと、こんな地方の静かな土地で人々の耳目を集め、目立つことをした青年に対して制裁を加えようという思いもないではなかった。はっきり言ってますぞうは彼ら大人たちにとっても、何となく心を騒がせる厄介で邪魔な存在だった。悪ガキグループの一番年の若い少年が、溜め息を漏らす。皆で東京で出版されている詩の年鑑を開いて、あるページに注目しているときだった。

「ねえ、ますぞうの名が、今年の詩の年鑑にあの詩人の名前と同列に並んでるぜ」

「あいつは本当にうまくやったな」

「俺たちはどうしてあいつを野放しにしていたんだろう。失敗したな」

ますぞうの近況に関してはひときわ興奮して話すひとりが、不安で堪らないというように口を出す。半ばは嬉しそうだった。

「おい、またますぞうが詩集を出版したらどうするんだよ」

「もう思い通りにはさせない」とグループのリーダー格がすかさず答えた。

「でもどうするんだよ」

「なんであんな奴に才能があるんだろうな」

「あんな詩は普通の奴には書けない。アホにならなければ書けない」

「俺たちには無理だ」

「おい、今日からますぞうのことをアホと呼ぼうぜ」

「そうだ。あいつはアホだ」

こんな少年たちのますぞうに対する羨望や干渉も、最初は他愛もない好奇心からだった。だから、話題の少ない地方の小さな土地で滅多にないことをしたますぞうにも責任はある。ますぞうは本を出版した後になって、本を大々的に売り出したことを「しまった！」と思ったのだが、彼はこの事態をそのままにした。だがこのNという街は、ますぞうという名の詩人の出現に対して概ね静かに見守ったと言ってもよい。目立つことをしたと言っても なかには無関心なひと、ニュース自体を知らないひともいて、関心の色合いは奇妙なまだらになっていた。親たちの知らない所で子供たちが興奮して話題にしている現状と、ますぞうの詩がいま社会に出て働く労働者の鬱屈を刺激し新しい自由な人生をそそのかす内容を持っているのとがあいまって、ますぞうの本を受け入れる人々の理解に浅い深いの差をつけていた。

詩集を読んだ少年の中には、ますぞうの外観に魅了されマネしようとする者も出た。彼のそっくりさんの出現だ。ますぞうはいつも同じ茶色のジャンパーを着て、女の子を思わせる外見で街を自由に歩いていたから真似る人間も出ようというものである。

「ますぞうさん、先週のわたしたちの出版社の集いに参加していただいて本当に良かったですわ。いろいろ関連本もお持ち下さって……」

詩集を手がけた地方の小さな出版社「青田出版」の編集者の所へ挨拶に出たますぞうは、そう言われて首を傾げた。

「そうですか？　僕はそちらには行っていませんよ」

「あら、まあ。ではあれは誰……？」

ひとの良さそうな中年の女性の編集者はあまり気にしていない様子で笑っていた。こんなことはよくあることなのかとますぞうは訝《いぶか》しんだが、自分の替え玉が出没すると気づいたのはこのときだ。

ここでますぞうの近所の悪ガキグループの中に、後にますぞうの人生を決定的に狂わせるひとりの少年がいたことを書かねばならない。彼はもう思春期に突入している中学生であり青年になりかけの純な少年だった。

少年はますぞうに対して「俺はあいつを許さない」と言い続けていた。何で許さないのか、ますぞうの書いた詩の一節が気に触ったのかよく分からないが、おそらくこの少年自身にも確かな理由は分からなかっただろう。彼の心にもともとあった苛立ち、焦躁ともいえる不安感が、ますぞうという標的を見つけたことで少年の日常を熱烈に支えはじめたような所があった。ますぞうは蛇に睨まれたのか。

少年は仲間からタッちゃんと呼ばれていた。彼の思い込みの激しい性格、言動の奇妙な偏執ぶりは仲間内で気づかない者がいなかったが、それはタッちゃんがしばしば見せる理由さえ分からない憎しみを帯びた発言から、だんだんに皆に分かって来たことだったのだが、同時に発言を瞬時に冗談にまぎらす術《すべ》をこころえていたから、皆はただタッちゃんを少し怒りっぽい所がある同じ仲間だと認識していた。タッちゃんことたつおの性格形成には家庭の事情もあったかもしれない。とくに彼の母親の影響がある。

ますぞうは老母とふたり暮らしをしていた。ますぞうの老母とタッちゃんの母親の仲が、険悪とは言わないまでも互いに反発し合う状態だったのである。

タッちゃんの家は住宅が密集する三丁目地区の、ますぞうの家の斜向《はすむ》かいに位置していた。タッちゃんの母親がますぞうの老母の気に触ったのは彼女のせいではない。ますぞうの老母はひとことで言えば頑迷なひとであった。その容赦のない、頑固な老人に対してタッちゃんの母親は、はじめは気軽な近所づき合いを始めるつもりで、こう呼びかけたのだ。

「あの、スイマセン。おたくに梅酒の本があるでしょう。それを貸していただけませんか!」

ちょうど庭の梅の木の下で本を開いていたますぞうの母は窓から身を乗り出してこう呼びかけた若い女性に驚愕した。

「あら、これは図書館の本ですよ。読みたければ街の図書館で借りて下さい」

ますぞうの老母はこの出来事をのちのちまでますぞうに語った。あのひとは窓から身を乗り出して、梅酒の本を貸して、と言うのよ。誰かが言っていたわ。一度貸したら返してもらえないわよと……。

ますぞうの母親は老いてますます頑迷になり近所からも孤立し、ますぞうに頼りきりになっていた。母親には持病もあった。病院に行くと知らない女のひとに待ち伏せされたり、誰かに追いかけられたり、存在しない女の子の声が聞こえて来る精神の疾患を持っていた。

ますぞうは最初、自分が詩集を出版し、世間に名前を知られたことにより、母が街のひとに嫌がらせを受けるようになったかと疑った。しかとは分からなかったが、老母の持病の悪化とますぞうの本の出版は軌を一にしていた。ますぞうはそれから母親の、近所のひとたちに対する、とくにタッちゃんの母親に対する不平不満をたびたび耳にするようになる。それは自宅にいる息子を前にしたときだけの悪口雑言だったのだが、いくら家の中だけの発言だったとしても、そんなものはすぐに周りの家に伝わるものである。次第に母親が苦悩し、辛い心の淋しさがさらに病気を悪化させる事態になっても、ますぞうはあえて老母をそのままにした。話すがままにさせたのだ（家で悪口でも何でも言いたいことを俺にぶちまけて気が済むのであれば、そうすればいい。俺は聞いてやるよ）。

彼はただ黙って母の話を聞き、訂正するでも言い返すでもなく、やがて、ますぞうは母の鬱憤晴らしの的になった。このような老人の繰り言、不平不満は、家の中の出来事であれば別に問題はないとますぞうは考えていた。ますぞうはそんなことよりも自分の詩作や小説の執筆に専心した。だが、タッちゃんの母親の方は自分のごく近いお隣りにそういう親子がいることに、次第に態度を硬化させて行く。はっきり言えば、彼女の内心はひねくれた険悪なものに変わっていった。タッちゃんの母親はますぞうの老母のように孤立せず、近所の奥さん方とつながりを持っていたからその心の変化は気付かれない程度だったが、ますぞうの詩人としての名が高まる現実を睨みつつ、とくに近所の打ち解けた奥さん方と連携することによって、何とかますぞうや老母を三丁目地区の、あの家から出て行ってもらえないかと、最後にはそう考えるまでになっていた。

それにタッちゃんの妹のさと子の言動が拍車をかけた。さと子は実際にますぞうの家を見張るカナリアであった。さと子にだけは詩人の家の様子がすべて聞こえたのである。

「お兄ちゃん。あのアホがいまこんなこと言ったわよ」とますぞうの在宅中の発言を逐一家族に報告することで、さと子も次第に壊れていく。ますぞうはそれをうすうす感づいていて、しかも事態を放置していた。ますぞうは実はこう思っていた。俺のことなんか放っといてくれよ……。詩人は、ある場面では社会に適応するが、ある所では不適応でとんでもない恥をかく。詩や小説を書いている天才の生活は台風の目のように静かなものだが、周りは暴風雨が吹き荒れている、非常にはた迷惑なものかもしれない……。

　ほんの些細なことでもさと子は、まるで憑かれたように兄であるタッちゃんと母親に「いまアホがこう言ったわよ」と知らせる。ますぞうはさと子という炭坑のカナリアが反応する震源地になってしまった。さと子は泣き叫ぶような高い声で報告する。

「いまアホがね……お母さんに言ってるわよ。そんなにひとを悪く言うもんじゃない。ひとは他人を強烈に憎むことで自分の人格を壊していくんだって……」

　タッちゃんがすかさず答える。

「それじゃあ、俺たちも気を付けなくちゃな。アホのおかげでそうなったら大変だ……」

「あたしも気を付ける」とさと子は母親のほうをうかがう。

「あたし、もうこんなことやめたほうがいい？」

母親は何も答えない。さと子がそうしないのが分かっているからだ。娘の言うことも理解はできる。最初のうちはそうだった。だから、何かの折りにますぞうの家の困りごとを尋ねるつもりでますぞうの老母に「して欲しいこと」を聞いたときに、老母がすかさず「防音して下さい」と答えたのにはすぐに対応したのだ。いったいあの家のおかげでウチはどれだけ損害を被っているのか。あのますぞうと老母に早くここから出て行ってもらうために、さと子の地獄耳は欠かすことのできない情報源だった。いまや、さと子の母親はそのために娘の精神を駄目にしてでも自分の方針を貫くつもりであった。詩人としてのますぞうを失敗させ、家庭を窮状に追いこむためには、このカナリアがのどから血を流そうと目をつぶると決心していた。

「ねえ、たつお……」母親は息子に言った。

「あの馬鹿、ますぞうは何とかならないかしらね。何であんなひとが近所にいるんだろ……」

「奴は東京に出るべきだよ」

「お前、どうする？　さと子のことよ……」

たつおは思い切って普段から思っていることをくちにした。

「あいつの家に忍び込めたらなあ。そしたら俺が何とかする……」

すると母親はしばらく自室に消えたが、あるものを持ってタッちゃんの手にそっと差し出した。

「たつお……お前がその気ならこれを使ってよ」

「いきなり何だよ」

それはますぞうの家の合い鍵であった。たつおは怪訝《けげん》な顔で母親を凝視した。

「これどうしたの？」

「この三丁目の地区にはね、色々あって誰かが代表して問題のある家の合い鍵を預っているきまりなの。ますぞう自身は知らないけど。ご近所でもあの家には困っているのよ」

いったい、大人たちがますぞうの何に困っているのかたつおは分からなかった。そこに三丁目の住人が持つ強烈な悪意を感じ、背筋に寒いものが走るのをおぼえた。だが一瞬で、パッと顔に赤味が差して、合い鍵を手にしたたつおの頭の中で、様々な計画が駆け巡った。

たつおは有頂天になっていた。

「よし、これを持って皆で作戦会議だ！」

悪ガキグループの皆はタッちゃんの計画に夢中になった。ますぞうの自宅が無人になったとき、詩人が密かにノートに書き溜めている作品の全部を皆で盗み読み、共有するという計画。ますぞうは自らの作品を長い間、手元に置いて推敲するタイプの詩人だった。当然それらは未発表作品であり、それを先に密かに回し読みし、あわよくば先に自分たちのものにしてしまおうという計画だった。たつおの家には地獄耳のさと子がいて、いつますぞうの家がカラになるか知らせるはずだった。この計画は実にうまく行きそうだった。

たつおの母親は、ますぞう一家が確実に困窮し、この地区から出て行くように画策した。ターゲットはますぞうの老母だ。老母の精神状態をいっそう悪化させる目的でたつおに色々と細々した指示を与えた母親に、たつおは底知れない怖さを感じた。だがたつおは指示に従った。自分たち悪ガキが計画している盗みを母親の私憤に似た画策とまぜこぜにすることで、大人を加えた皆でともに責任を共有する気持ちになれたからだし、悪事は働くが鍵を与えたのは大人たちだし、これは近所の総意なのだという感覚になれた。

ますぞうはこの頃、近所の工場にアルバイトに出ていた。詩人としてひとり立ちして食べていくのは、ますぞうでも大変だったからだ。家事のほとんどの部分は母親がこなしていた。ますぞうの老母は持病はあったが家事を切り盛りするのが生き甲斐だった。ますぞうのために朝食と夕食を用意して、ますぞうが工場から帰宅したときはその日に気づいた色々の出来事を話すのが、孤独な老母の何よりの楽しみだった。

その中には遠いホームセンターで買って来た百合の花の蕾がいくつで、花がきれいに咲いたことや、以前飼っていた犬の楽しかった思い出、自身の幼い頃に行った大阪への修学旅行の話などが含まれていて、老母はそんなたわいもない話を息子に聞かせることで自分の気持ちの安定を保っていた。誰にそれを奪う権利があっただろう。だがたつおも、その母親も、敵対する相手の気持ちを理解するにはすでにあまりにも遠い境地にあった。彼らは嫉妬と悪意の渦中にあって、心は引き返すことが出来ない所まで荒んでいた。ますぞうの怠慢は、自分の家庭とそれが周囲に与える反応を等閑《なおざり》にしたことで自分の最も愛する者を傷つける事態をまねくだろう。ますぞうの信じた台風の目の静かな領域は、いつかは暴風雨に取り込まれ消えてしまうに違いない。

たつおはすぐに計画を実行に移した。五月の祝日の、ある小雨の降る午後だった。さと子が報告する。

「いまアホがホームセンターの買い物の話をしているわ。母親と行くつもりよ。半日は帰って来ないわよ」

たつおはさっそく仲間を自宅に集めて、ついにこの日が来たと誇らし気に語った。

「だが、タッちゃん。そんなにうまく行くかな……」とグループの年長格が不安をくちにすると、たつおは鍵を掲げて「これさえあれば大丈夫だよ。奴らが途中で帰宅することはない。それから……家の中の物には手を触れるなよ。忍び込んだ痕跡をけっして残さないように」

と付け加えた。

悪ガキたちは、この日の不法侵入の罪悪より、ますぞうの大事にしている作品を横取り出来ること、それによりあの一方的な詩の生産者だったますぞうとの立場が逆転し、自分たちがますぞうの文学活動を含めて、すべての主導権を握れることに我を忘れていた。それに目障りな一家をN町から追い出せる、そうだ！　もうひとりだけ良い思いはさせない。

この地区は再び平穏を取り戻すのだ。たつおが掲げたますぞうの家の合い鍵は、これらを実現する魔法のツールだった。

さっそく彼らは玄関から忍び込む。もう夕方で、辺りは薄暗くなっていた。

靴脱ぎを上がると、ますぞうの家のプライベートなにおいが鼻をつく。居間のテーブルには新聞がごちゃごちゃと積まれていて老婆のメガネケースが置かれている。テレビの横の百合の花が悪ガキたちを凝視する。忍び込んだ彼らにも平等に花の香りを分け与えている乱雑な部屋。

悪ガキたちはさっそくますぞうの居室がある二階へ駆け上がる。

「ひやあ、汚い部屋だな！　まさに本だらけ、雑誌だらけだ」

「おい周りの物に触るなよ。目当ての物だけ探すんだ」

「これ、全部読んでるのかな。どうも怪しいぜ」

ますぞうの創作ノートはすぐに見つかった。薄暗い六畳の部屋は書籍類でさらに狭く感じられた。

窓際にある書類の束や本の間に挟まれた、唯一の白い長方形の戸棚の一番上の引き出しの中にノートはあった。

傍らにはベッドが置かれている。

彼らはノートのページの一枚一枚を携帯で撮影した。パシャッ、パシャッという撮影音だけがする静かな一室。

ますぞうのペン書きは独特の筆跡だったが、読めないことはなかった。

「これで俺たちも詩人だぜ。あのアホは可哀想だな」

仲間たちが目的を終えて退去するなか、タッちゃんひとりは台所に戻って、自分の母親のかねてからの指示を実行する。ますぞうたちはまだ帰って来ないようだ。タッちゃんは冷蔵庫を開けて食品のひとつをポケットにしまい込む。納豆ひとつだけだ。それから食器戸棚の横の調味料の棚に手を伸ばし、そのひとつ（塩の瓶だったが）の位置を下の段に隠した。

これらのいたずらはすべてますぞうの母親の精神を混乱させるためだった。ほんの些細な行為が老婆を認知症に追い込むきっかけになるかもしれないのだ。

ますぞうの母親はまだ頭は確かで、家事を仕切っていたから、色々と不安材料を付け加えてやるのよとタッちゃんの母親は言っていた。

たつおはするべき仕事を為し終えて、ゆうゆうとますぞうの家を退去した。二時間はいたろうか。奴らが帰って来たときが楽しみだなとたつおは思った。


ますぞうを取り巻く環境は、それ以降、次第に修羅場と化していった。まず家の中では母親の物忘れがひどくなり、ますぞうに当たり散らすことが多くなった。ますぞうの老母は台所のどんな小さな変化も見逃さなかった。

たつおたち親子はその様子を聞きながら、「あいつら、いい気味よ」とさと子が言い、ただたつおの母親だけは黙り込んでいた……。

「ますぞう！　お前、塩の瓶をどこに置いたの？」

「俺は知らないよ」

「だってお前しか居ないじゃないの。おや、こんな奥にあった。本当にお前じゃないのかい？」

ますぞうの老母は顔を険しくして、かねてからの疑念をくちにする。

「あたしゃ、思うんだがね。この家は誰かに盗聴されているよ。それに誰かが家に入り込んで悪さをしている。あたしゃボケちゃいないよ。お前だってそう思うだろ?」

「そんなわけないだろ! おふくろの物忘れだよ。だって出掛けるときに鍵をかけてるじゃないか」

「あたしは鍵を付け替えたほうがいいと思う。ねえ、ますぞうや、そうしようよ」

ますぞうは母親が玄関の鍵のことを持ち出すたびに「またか」と思った。そして話をうやむやに打ち切りにする。ますぞうは留守中に誰かが忍び込んで来るという母親の疑念を頭から否定して、母親の病気と年のせいだと決めつけていたが、ふと、本当にそうだろうかと思わないでもなかった。俺の母親は以前はこんなことは言わなかった。いくら何でも急に頭が衰えるなんて……家の中のあれがない、これがない、塩の瓶がこちらに移動しているなどということは年寄りにありがちな物忘れだと聞いたことはあるが……。だが、「おふくろよ、しっかりしてくれ」と祈る気持ちになったますぞうを巡る家庭内の変化は、たつおたちが不法侵入を繰り返すようになってから確実に来たしていたのである。

母親だけじゃなく、ますぞう自身にも小説家、詩人としての評価を落とされる場面が多くなったとますぞうは肌で感じ始めていた。

まずますぞうが街を歩いていると、以前は遠巻きにして目を瞠《みは》りながら彼と接していた街のひとたちが、いまではますぞうと出会うと、特に若い二人連れなどは、冷笑しつつ「うそ? まじなの?」と囁きかわす。最後にはますぞうに何かの雑言を投げつけて立ち去ってしまうのだ。ますぞうは最初、若いふたりの雑言を聞き取れなかったので、気にしないでいたのだが、どうやら「トーサクヤロウ」と聞き取れるまでになっていた。盗作? ますぞうの胸はひどく痛んだ。俺は断じてそんなことはしていない。俺の聞き違いか? それにしても自分の知らない所で自分の与り知らぬ事態が進みつつあると感じないではいられなかった。ますぞうはインターネットはやらない人間だったので、自分を取り巻く噂の真偽を確かめることもしなかった。また、一度懇意にしている出版社の編集者の所へ行ってネット上の色々な情報を見せてもらおうかとも考えたが、それもしなかった。

何を馬鹿なことを……本を出版したんだからそりゃあ、色々なことを言う奴が出て来ますよと、おおらかな編集者だったら一笑に付すかもしれない。あるいは少し疲れたんですよと慰めてくれるかもしれなかった。

俺はかなりの量の読書をするから、自分の気づかない所で読んだ本の無断借用をしている可能性もないわけではない。少なくとも、お前は盗作したかとひとに問われれば、自分はしていないと答えるしかなかった。ますぞうはたつおたち悪ガキグループが、めいめいのSNSを通じて自分の創作ノートから盗み出した詩の原稿を自作として発表している事実を知らなかった。また、それを知ったとしても、作品を創作すること自体が彼の生きがいだったから心を痛めたますぞうが筆を折るとか、また出来《しゅったい》した事態に対して現実的な対処をする労は取らなかったであろう。ますぞうは脇の甘い作家であった。ますぞうは今まで通りに自作を雑誌社に持ち込んだ。東京から離れた地方のNという小さな街で広まった疑惑が東京に知れわたる日はすぐにやって来るだろう。まだ少し間があったが。

たつおたち親子はますぞうを破滅させるために決定的な時機が来るのをじっと待っていた。まるで海を臨む丘の上に立ち、潮が引いていくのを辛抱づよく待つような具合に。

「ねえ、本当に俺たちのしている事って意味あるの？　ますぞうは相変わらず詩を書いてるよ」

たつおは、さと子と笑い合う母親を見た。

「まあ、あのアホにもいずれ分かるわよ」

「トウサクヤロウ！」とさと子がいかにも面白そうに声をはり上げる。母親は頷きながら
「とにかくあのますぞうを作家として一本立ちさせないことでますぞうの収入源を断つ。そうすればやがてここから出ていくことになる」

「あいつらをここにいられないようにする？」

「そうよ。実際、あの母親へは相当の効果がある。ますぞうも困っている」

「母さんて本当に怖いひとだね」

たつおは改めて母親の厳しい顔つきを眺めた。

「もう、おそい。後戻りできないわ」


ますぞうが考えを改めたのはギリギリのタイミングだった。はじめはおおらかに対応して来ると思っていた編集者が意外と決然とますぞうの作家としての姿勢を問い質したからだ。向こうも商売なのだ。ましてや盗作の疑惑のある作家をデビューさせて会社の信用を落とすことは絶対に出来ないことだった。

「あなたの言うことが正しいなら、あなたの創作ノートは外部に流出している可能性があります。一体いつからですか」

「いつからって……俺は知らないですよ。ノートは誰にも見せてないし……」

女性の編集者は溜め息をつく。

「ますぞうさんね、その辺のセキュリティーはしっかりして下さいよ。あなたは責任ある作家なんでしょう」

そしていつになくきつい口調で、

「とにかく疑惑のある作品ノートは全部ボツにして下さい。でないとウチではあなたの作品は扱えませんよ。あなたのために言っているんですよ」

これはいわば編集者の特別な恩情だった。

まだ作家としてのますぞうを見捨てないというのだ。

ますぞうは家に取って返し老母の体を労るようにこう言った。

「なあ、おふくろよ。あなたの言う通り、玄関の鍵を新しくするよ。だから元気をだせよ」

「本当かい？　ついでにテレビも買いかえようよ。このテレビ、最近おかしいから」

「またか。裏で誰かが操作していると言うんだろ」

妄想は相変わらずだが、ますぞうが「鍵を変える」と言った途端、母親の表情が明るくなったのが分かった。台所であれがない、これがないと捜し回るおふくろ。今日はおしゃもじがない、菜箸がない、と。それが年のせいではなく本当に誰かの不法侵入で引き起こされているとしたら……ますぞうは「そんな馬鹿な」と思いつつ背筋に寒いものを感じ恐怖した。今までの自分の怠慢を恥じた。

ついにますぞうは十年間も付け替えなかった玄関の鍵を一新した。まだ彼の父親が元気だった頃の鍵だ。それからますぞうは疑惑のある自分の詩人としてのノートの塊を何の未練もなく処分した。家の中の原稿は外部に流出していると見たほうがよい。そしてこれから書く新しい原稿をしっかり鍵のかかる別の戸棚に仕舞うことにした。

ついでに自分の部屋の引き手小窓が壊れているのも修理して、編集者が言うようにセキュリティーを万全にした。さすがにセコムはしなかったけれど。

しばらく時が経ち効果はすぐに現われた。

ますぞうは自分を取り巻く環境が少しずつ変化して落ち着いたものになり、何より老母が台所で捜し物をすることが目に見えて少なくなったのに驚きはじめていた。完全になくなったわけではないが、ふたりの許容できる本当の物忘れだけになったのだ。それとともに気のせいかもしれないが、ますぞうが街を歩いているとしきりに交わされていたトウサクうんぬんという陰口も聞かなくなり、良い意味でもう誰もますぞうを相手にする者がなくなった。人々は再び彼を遠巻きにするようになり、ますぞうは体中に新たな創作意欲が湧いて来るのを自覚していた。そうなんだ、この感覚なんだ！　詩を書く喜びは……とますぞうは思った。

東京ではなく地方で作家になること。ますぞうのこうむった災難は、彼が終生離れなかった小さな街に有りがちの通過儀礼だったのかもしれない。悪ガキグループの少年たちはますぞうから新たな作品を盗めなくなり、ネットに自作を供給できなくなった。悪ガキたちは最初、事態の変化に大騒ぎしたが、やがて「何だ、つまらねえな」とグループ自体がバラバラになりはじめていた。彼らはもはやますぞうを追うことに興味を失った。

だがここに最近の「フリーになった」ますぞうの動向に怒気をこめて身を焦がしている人々がいた。たつおたち一家である。特にたつおは諦めるどころか、「あいつ殺してやる」

といっそう憎悪を募らせていた。

　そんな夏の日の夕刻。たつおは東海道線で帰宅する詩人に直接打撃を与えようとする。冷房のきいた電車内は閑散としていた。小田原寄りの鴨ノ宮駅から乗って来たますぞうの向かいの席に腰を下ろしたたつおは、ますぞうを蛇のように睨むなり、さっそく薄ら笑いを浮かべてますぞうにこう語りかけた。

「このトウサクヤロウめ。証拠は十分あがっているんだ。悪いがもう何を書いたって無駄さ」

　ますぞうは何も言わないでたつおを見つめる。たつおの声は聞こえたはずなのに、ますぞうは無反応である。ただ、たつおを観察するように見ている。たつおには事態がのみこめない。たつおとしてはますぞうの一番大事なものに関わる決定的なことを言ったつもりだったが、ますぞうが反応を示さないことが意外だった。

　そのうちますぞうが自宅のある駅で下車せず、用事があるのかもうひとつ先の大磯駅で下車していくのを見た。たつおは「あれ?」という気持ちを強める。たつおは慌てた。

（こいつ、俺が知っている本当のますぞうだろうか。人違いじゃなかろうか）

たつおはますぞうに「お前のことは絶えず見張っているぞ」と示すつもりで仲間に携帯で「いまアホは大磯で下りたぞ」と連絡するしぐさを見せたが、その手は震えていた。まるで何事もなかったように当然のように大磯駅で下車するますぞうを淋しい気持ちで見つめたたつおは、ますぞうが不思議そうな、むしろ楽しそうなまっすぐな目でたつおを見つめていたのを思い出した。たつおは自分のますぞうに対する固執が、馬鹿馬鹿しいものに思えることを恐れた。だってこんな時間と労力を使って後に残されるのは、滅茶苦茶になったたつおたち家族のほうだからだ。妹のさと子もあんな風になってしまった。母さんだって寡黙なおかしなひとになってしまった。

みんなあいつが原因なのだ。このままで終われるか？　やはりますぞうは殺すしかない、とたつおはこのとき決心したのだった。

そのことがあってから翌週の日曜日。ますぞうは老母のたっての望みで自宅から三キロ離れたスーパーの大型店へ買い物に出かけた。

山道をキャスターのついたキャリーバッグをふたりで引っ張って、日の光を遮るような林を横目に、小さな神社のある小山や閑散とした運動場を越えて買い物に行くのは、ことに年を食った老母にはかなりの強行軍だった。ますぞうは後ろで息を上げながらキャリーバッグを引っ張る母親を助ける。途中の道筋にある小さな祠《ほこら》に手を合わせたり、雑草でうごめく名も知らぬ虫を眺めたりして夕方の空をまっすぐ見つめた。

そしてこの間の東海道線の出来事を脳裏に思い浮かべた。俺に話しかけて来た高校生（ますぞうは勝手にそう思っていた）の暗い顔つき。ますぞうはたつおと面識がなかったので、それが自宅の向かいに住むたつおだとは認識できなかった。あの青年の暗い目つきには何か底が深い悲しみがこもっていて、ますぞうの記憶に残ったのである。

不快さは不思議と感じなかった。後方でひと休みしている老母を待ちながらますぞうは考える。

青年はもしかしたらウチに悪さをしていた連中のひとりかな。

「あっ、おふくろ。大丈夫かい。まだ歩けるかい？」母親は再び足を休めている。

あの子らがウチを掻き回すことを諦めてくれるといいんだが……おふくろのためにも。

俺はこの小さな街で物を書くことに責任を持ちたい。ここでずっと暮らしたい。というよりも俺はいっさい知らないふり、責任のがれは出来ない。これもここに住む詩人の仕事の一部か？　そうかもしれない。俺はあの青年に再び会ったらこう言いたい。きみたちが俺の部屋から盗み出した作品はよかったらきみらにあげるよ。

でもきみ、とりわけ暗い目つきのきみは、これから本当に自分のしたいことを見つけるべきなんだ。若い時間は貴重だ。俺みたいなちっぽけな人間、追いかけ回すことで時間を潰すな。こんなこと言う自分も若い頃、京都できみと同じ暗い目つきだった。不安な気持ちをひきずって無一文であちこち歩き回っているうちにやっと詩や小説を書くことを見つけたんだ。そこでますぞうは恥ずかしそうに笑って、「出来れば一緒に詩を書かないか？」と申し出るつもりでいた。古くさいけど同人雑誌を一緒に作らないかと。

ますぞうは遥か後方で老母が転びそうになりながらキャリーバッグを起こそうとしているのを見た。「あっ！　いけね」。

その日の大型スーパーでの買い物は大変だった。母親が米や野菜をたくさん買い込んだからだ。ようやく帰り道でこれで坂を下れば三丁目だという丘の上まで来たとき、老母は腰に手を当てて坂を下りていた息子ににっこり微笑んだ。「ますぞうや、先に行っておくれ！」。歯のないしょぼしょぼの口元の母親。ますぞうはこれから今日のような平和な夕刻の月の光を何度も身にあびるつもりである。ふたりが自宅に帰り着く頃には夜になっていた。

たつおはますぞうを殺すと決めてから、逡巡したり、また決意を新たにしたりしながら具体的な計画だけは進めていた。チャンスをじっとうかがい、さと子の地獄耳の報告に辟易しながらもますぞうの家の様子を観察していた。毒物はインターネットで購入した。即効性のある青酸性のそれである。どこかのメッキ工場からの流れ物だろう。

「あいつは何様なんだ」「俺たち家族は奴隷じゃないか」「この責任は取ってもらうぜ」と青酸カリの小瓶を握りしめながらたつおは思った。だがそれを使うチャンスは訪れなかった。

やがて季節は巡りますぞうの家の庭の梅の木がひとつふたつ白い花を開く頃、機会は突然訪れた。

まだ寒い早春の昼間のことで、ますぞうの老母は庭に出て雑草を取ったり、玄関のほうに回って花や木に水をやったりしていたが、そのうちに庭の片隅に置かれている、枯れ木や生ゴミを入れて自家製の腐葉土を作り出すボックスの前に立ち、ふたを開けて中身を掻き回しはじめた。

ますぞうの老母はいちど庭に出ると長い時間、家の中に戻らない。玄関は鍵がかかっているが庭に面したガラス戸は開け放たれたままだ。老母はそちらに背を向けて夢中になってボックスにかがみ込んでいる。それを観察していたさと子は「お兄ちゃん、いまがチャンス。忍び込めるわよ」とたつおに低い声で教えた。

さと子の声に押されて、たつおは半分、魔が差したようにますぞうの家の敷地に忍び込んだ。横目で老母が背を向けてこちらに気づかないのを確かめて、すばやくガラス戸の中へ、家の中に入り込んだ。そして一階の台所にある食器戸棚と冷蔵庫の間に置いてある小さな湯沸かしポットに目をつける。「よし、あれだ!」たつおはそのふたを開けて青酸カリの瓶の中身を沸いている湯の中にぶちまけた。たつおは慌ててますぞうの家から退去した。老母は何も気づかなかった。

そのうち小一時間は経ったろうか。母親は家の中に戻って手袋をはずして休息する。すると二階にいたますぞうがどたどたと台所に下りて来て、「母さん、コーヒーが飲みたくなったよ」と言いながらポットの湯でインスタント・コーヒーを作り出した。ますぞうは日曜の昼のいま頃は執筆の仕事を終えてコーヒーを飲む習慣があるのだ。老母はコーヒーを飲まない。庭仕事を終えて椅子に座って老人らしく居眠りをはじめた。たつおはポットの湯を使うのはいま時分はますぞうだけだと計算していた。ますぞうはコーヒーに口をつける。すると、あっという間の出来事だった。ますぞうはううっと呻くなりコーヒーカップをガチャンと下に落として白眼をむき卒倒した。

すぐに目を覚ましたますぞうの老母は、倒れた息子を、呆然と見つめていたが、すぐに異変を察した。

「どうしたんだい。ますぞうや！　ますぞお。いやだよ。どうしたんだい！」

と大声を上げて息子の体に取りついた。もはや動かなくなった息子の顔や手をいつまでも揺り動かしまるで赤子のように泣き出した。

ますぞうは亡くなった。息子の名を呼びつづけてやめない老母を息子の体から引き離し、介抱したのは近所に住む男たちであった。

男たちの行動はすばやかった。まるで一部始終を見ていたように老婆の大声が聞こえはじめると、ますぞうの家に立ち入り１１９番して老母の肩を抱き、しっかりするように慰めて事後処理をしたのだ。そもそも彼らがどうやってますぞうの家に入ったか分からない。こういう緊急のときのために、お前の家を見張っていたんだと言わぬばかりの処置のすばやさであった。老母はいつまでも泣きつづけた。小さい体がますます小さくなっていくようであった。

駆けつけた刑事らは毒物を入手するのは老母には不可能だと判断すると現場を保存して捜査にあたった。それから事件が解決したとか犯人が見つかったという話はしばらくは聞かなかった。近所の住人のくちは固かった。男たちはますぞうの家の異変に気づいて向かった際、玄関の鍵はかかっていなかったと証言したのだが、本当はいざとなったら三丁目では目当ての家に自由に入れる合い鍵を共有していたとは言わなかった（彼らはますぞうがつけかえた新しい鍵の合い鍵を入手していた）。さすがに殺人事件という事実の重さは近所の者らを驚愕させたが、彼らの総意としては、それはすべてますぞうひとりの責任であった。

老母を救助した男たちは溜飲を下げた。それ見たことか、あの男の自業自得だ、あの家の合い鍵を用意したシステムは正しかっただろうと皆でくちぐちに言い合い認め合った。

本当はそんな合い鍵のために事件は起きたのに。だが驚いたことに、警察もそのシステムの存在にうすうす気づいていてそれを不問に付した上で捜査を進めていたふしがあるのだ。三丁目地区は、相談役のあの家が管轄していてそこに聞けば大抵のことは分かると、地元の警察官は事情を知悉《ちしつ》していた。でも、それではまるで江戸時代の長屋みたいではないか。

ますぞうの老母は事件のあと、ショックでほとんどくちが利けない体になってしまった。そのために、近所の者が大きな親切心をもっていよいよますぞうの家の事後処理に介入した。

老母は惚けたように周りのひとの指示に従った。老母はますぞうとふたり暮らしだったため、ふたりの愛した家屋もいずれしかるべき者らによって処分されることになった。

たつおたち一家は近所のひとたちによって放置されていた。いつの間にかたつおの手には、ますぞうが新たに管理していた詩や小説の原稿が握られていた。たつおはそれを全て自分のものにした。たつおの暗い目つきは、思いがけない喜びと、絶え間なく思い出される犯行の記憶で、あやしい光を放ちはじめた。たつおの心の中ではすでに罪の意識など陳腐なものでしかなかった。他の悪ガキグループの仲間はたつおに近づかなくなり連絡を断った。「あいつはヤバイ」「もう俺は降りたぜ」「もう知らねえよ」とますぞうが殺された事の重大さ、恐ろしさから、彼を怪しみ、自分たちに累が及ぶのを恐れた。たつおはますます孤立し、独善的になっていった。

たつおたち一家の目的は達せられた。数年後、ますぞうの家の在った跡地には何もなかった。さら地にされ、その地区の一番有力な相談役の一家が買い取ることになった。

だが、たつおは悶え苦しむようになる。それは次のことがあったからである。たつおは、ますぞうの作品をひっさげて中央の詩壇に登場した。ますぞうの老母は施設で亡くなっていた。老母は心の活力をなくし終生、ますぞうや、ますぞうやと泣き暮らしていたが、ますぞうが母親を思いやり母親について語った作品さえ、たつおは自作として発表していた。たつおはますぞうの作品に手を加えて、ますぞうの老母を自分の祖母のことのように修正したが、すでにますぞうの作品を知っている読者にとってそれは奇異にうつった。加えてかつての悪ガキグループのひとりが、「あれはますぞうの作品や」とインターネットにリークしたこともあり一時的に有頂天だったたつおの文学活動は、次第に弁明に追われることとなった。

その頃ある有力な詩人の座談会が出版社で開かれ、たつおも出席した。そのなかで詩人たちが新刊を披露し合う段階になって、ある評論家のこういう発言があった。

「たつおさん。あなたの最新作はすばらしい。だがますぞうの作品とそっくりや。いや、中身がさ。テーマがさ」

「僕は近所に住んでいたますぞうさんの影響をつよく受けています」

「ますぞうの老母は妄想や幻覚を口にしたと知られているが、あなたのおばあさんも同じなの？」

「そうです」

「それじあ、大変だ。一緒に暮らしていて困ることもあるだろ？」

「祖母はいま施設に入っています。僕の作品は、もし一緒だったらというまったくの僕の想像です」

詩人の誰かが「へえ？」と驚きの声を上げ、座談は一瞬静まり返ったが、かねてから疑問を呈していた評論家がこう発言してたつおの新刊の話は終わりになった。

「たつおさん。何度も言うが、あなたの作品はすばらしい。だがそれはかつてのますぞうさんの作品がすばらしいという意味において、だ。あなたの本にはウソがあるよ」

そこで彼は堪えかねたように「ますぞうさん」とひと声叫び、こう締めくくった。

「ねえ、僕はあなたのじゃなく、本当のますぞうさんの新刊が読みたいんだ」

たつおは座談会のあった三日後、自殺した。遺書が残されていて、そこには生前のますぞうに嫉妬し羨望し、ますぞうをアホと呼んでいじめつくしたことや、母親からますぞうの家の合い鍵をもらい、結果として彼を殺して原稿を奪ったことなど今まで自分のしたことの一切が文章に認《したた》めてあった。そして最後に、お母さん、ごめんなさい。俺は生きていられない。死にますと結んであった。

三丁目の住人は密かに寄り集まってその遺書の処置について話し合った。だが結果、遺書は焼き捨てることにしたのだ。こんなものはこの土地、N町の恥になるだけだというのが一番の理由。これは風説だが同じ三丁目にはだいぶ以前にも、ますぞうと同じような経験をして自殺したクリエイターがいたということだ。

転換点

小説家を志望する林は早朝、電車に乗って向かいのシートに美しい女性を目にした時など、下半身が森になる。森の中に巨人が立つ。彼は青年であり、眼鏡をかけた知性的な感じのする美形の持ち主である。いつもパリッとした背広を着ている。それでも性格は内向的でおとなしい。街を歩いているとよくひとに道を尋ねられる。この間もおばあさんに最寄りの薬局を尋ねられて、出勤途中であったにもかかわらず、ドラッグストアまで同行したのだが、出社に遅れることをかえって嬉しく思う林であった。林にはそんなのんびりした所がある。

林は今朝も夏の日盛りの道を歩いている。小田原の市街地にある中小企業に向かって歩いている。電子部品のＬＥＤセンサーを作る会社で、彼は一見、課長級の正社員であろうかというとそうでない。林は工場の現場でセンサーの特性検査をする契約社員である。だってそれはおかしい。背広を着て出勤してくる非正規社員は彼だけである。

林は小説も書いている。彼は街を歩いていておばあさんに道を聞かれなくなったり、電車の中で林のままであったりしたら、小説を書くのをやめようと思っていた。

林には思いを打ち開けようか迷っている片思いの女性がいた。その女性を前にすると、林の心の中に巨人が立った。青年の心の中に巨人が立って、林自身が森にならないということは、林が彼女を大切に思っている証拠である。意中のひとはまんざら知らないひとでもなく、彼の勤める会社で総務の事務をしている。林の事も知っている。林を前にした時に女性の心の中にも巨人が立って、身体中の血液が逆流し互いが互いの身体を抱擁すれば目出たしだが、残念なことに巨人は言葉を超えた存在である。

ふたりは磁力の分からない磁石を互いに近づけあったり引き離したりするように日常を送っている。相手の大きさがいつも見えない。

恋を磁石にたとえるのは陳腐だ。だが陳腐という言葉はまじないの呪文に似ているから、陳腐がかえってふたりの恋を育むこともあるかもしれない。

夏の紫外線が振りそそぐ今朝のことである。思いがけないまじないの言葉が、小田原の街を歩く林の上に降りかかってしまった。

まじないの呪文が現実になったとき、林は最近、自宅に引き取った母親を思った。母親は異界への扉を簡単に開けてしまうひとであった。混線した電話によって。すぐに無くしてしまう家のカギによって。老婆だから仕方ないのだが、まじないをかけるのがいつも老婆だというのは面白い。

その朝、出勤の途中で、陳腐に変化が起きて、青年の現実の扉を意外な方向に開けてしまった。

「もしもし、お兄さん。この辺に郵便局はあるかえ？ 息子にこれを送りたい。助けてくれるかえ？」

道の反対側から大きな荷物を背負って林の方に老婆が近づいてくる。林はもちろん荷物をかわりに持ってやって郵便局に老婆を連れて行った。

郵便局は会社と反対の方向にあった。海岸沿いの港の近くにあったのだ。ゆえに彼はすこし嬉しそうだ。目的地の小さな建物に着いたとき、林は「着いたよ。おばあさん」と言った。

老婆は「おお、ここだ。ここだ。おおきにお兄さん」と礼を言い、老婆の中にも巨人が立ったのか、意外とたくましい手で林から大きな荷物を受け取る。老婆は郵便局の前で、荷物の中に手を突っ込んで目をぎらぎらさせている。何かを探しているようだ。

「お兄さん。これ、息子が昔、一生懸命書いたものだが、かわりに読んでくれるかえ?」

老婆は林に古びたノートを渡した。林はすぐに辞退する。

「おばあさん、こんなものは受け取れません。困ります」

「いいんだ、いいんだ。もう読むものもいないんだよ。やっぱり誰かが読んでくれなきゃ、息子も可哀想だ」

その時、林の携帯が鳴った。会社からだった。すぐに出勤せよ、というのだ。林は郵便局で老婆を見失う。こんな限られた小さな場所で見失うわけがなかろうが、老婆は扉の奥に消えてしまう。若い女性が、何で入口の前に突っ立っているのかしら、このひと邪魔よという顔つきで林を見ている。

林はノートを持って、会社への道を走り出した。目の端で、海岸の青い光をとらえて、美しいなと思いながら。

もらったノートを海の光の中で広げたい。でも出来ない。かばんの中でノートは老婆の顔になって林を見つめる。息子を見つめる母親の顔はいつも真剣であり、涙ぐんでいるものだ。ああ、息子さんはこの世にいないひとだな、とその時、林は思った。

夕方の、帰りの電車で林はノートを開いた。忙しくてもそれがさほど給料の額に反映されない仕事の後で。

ノートには林の人生が小説風に綴ってあった。というよりも林がこれから自分で経験する未来の出来事がそこにあった。

実現された人生の小説は彼が会社で恋こがれている総務の、ゆきちゃんへの思いにあふれ、それを吐露している。それはまぎれもなく林であった。

電車の中は急に暗くなった。雨が降ってきた。御囃子が鳴っていた。林はノートを夢中で読んだ。小説の中の主人公は、林のように小説を書いていた。だが行動においては、実際の林に比べて過去を振り返らない決然とした勇気ある男であった。

主人公はゆきちゃんに愛していますとはっきり伝え、ゆきちゃんはそれに対して複雑な反応をする。その複雑なまだら模様になったゆきちゃんの思いを、主人公の男は行動で変えていく。ゆきちゃんがひとつの意見に偏ろうとするのに別の考えをぶつけ、現実の行動によって見晴らしのよい第三の立場を作ろうとする主人公。

ゆきちゃんのまだら模様になった逡巡はだんだんにならされて何色とも言えない単一色になっていく。最初は不安な灰色だった心が、明るい色に変化していく。

林は思った。俺はこんなじゃない、この男のすることは強引じゃないかと。

ぜんぜん強引じゃないぞと主人公の男は林に言った。恋を成就して結婚にこぎつけるのは生易しいものじゃない。おまえに足りないのはひたすらに前進する積極性だ。さもないと自分の人生のすべてを無くすぞ。俺はおまえであるけれど、俺は引っ込み思案の林を引っくり返した森なのだ。林がいつも冷静な頭脳なら、俺はむしろ下半身だよ、と男は言った。

雨はようやくやみ、明るい夕もやが林を包んでいた。電車の中で読み始めたノートを持って街の商店街の中を歩く。ノートの記述は結末をむかえる。林はもう自分のアパートの前に立っていた。

木造のうす白いアパートの、そこだけ金属で出来た階段を上がって自室の扉の前に立つ林。頭の中に鳴っていた御囃子はいつの間にかやみ、小説は意外な終わりかたをする。

小説の男は会社を辞める。辞める時、ゆきちゃんに声をかけ決断をせまる。一緒に暮らさないかと。二人は京都に移住し、林に似た男は京都に新設された博物館の学芸員になるのだ。男が京都を選んだ理由は変わっていた。数学の世界で、いまだ数学者の論争の的になっている望月氏が書いた画期的な論文が生まれた土地だからだと男は説明する。その後、数学理論の詳細な解説が綴られていて、林の集中力は途切れてしまった。その難解な数学を主人公が本当に理解したのか分からないが、そんな事より小説を読み終えた林の心は決まってしまった。

自分も博物館の学芸員になるぞ。京都は敷居が高そうだから無理としてもどこか地方にひっそりと建つ博物館がいい。

ゆきちゃんはいまは誘わない。だって俺は告白さえしてないんだから。でも一人前になったらゆきちゃんと結婚したい。家も建てるぞ。

林はここまで考えて、自分が大学時代に学芸員の資格を取っていた事に喜びの声をあげた。いまも有効なのか分からないが、ここはかつて資格を取ったということが重要なのだ。

人生の試合でかっ飛ばしたホームランの数は打率とちがって本数は減らない。資格とはそういうものじゃないかな。林はそうやって自分は人生の三割バッターでないことに目を瞑《つぶ》ろうとする。

人生は自動車の運転技術のように使用しなければ目減りする要素でいっぱいだ。彼はちなみにペーパードライバーである。実質的に運転出来ないのだから無能力である。

だがその時、林は今朝、郵便局まで道案内した老婆のことを考えた。老婆はもうすでに亡くなっている息子に荷物を送ろうとしていた。老婆は無意味なことをしているとひとは言うかもしれない。でも林にノートを渡したことで息子の作品が新しい局面を生み出したじゃないか。学芸員の資格が彼の運転免許証のように実質的にゼロになっていても、仕方ない。とにかく無謀なことでもやってみると林は決心したのである。

林の母親はアパートの畳の片隅にちょこんと座っていた。色のあせた座布団の端の方が綻びているのをしきりに触っている。お母さん、あなたのためにも俺は積極的に行動しなければならない。いままでの自分は気楽すぎたと思ったのだ。

＊

林はあらゆる情報ツールを使って地方の小さな博物館を探り当てた。それは東北の山奥にある奇妙な博物館だった。ルネ・マグリットが未だ生きていてこの風景を見たら、森の中に小鹿を配して建物を描いたかもしれない。建物自体はヨーロッパ貴族の館のように、白い外壁の一本の塔さえ備える洋館である。

その博物館の展示を林はこれまで訪れて見たことはなかった。何せ深い森の中にある辺鄙な土地の博物館だからアクセスが難しく来館者がどれだけいるのか不明だった。

林はそこに学芸員として採用されたのである。彼に最初に与えられた仕事は奇妙なものだった。

展示されている美術品や歴史的遺物は多岐にわたっていて、ほとんど博物館の概念を超えている。人類史博物館、と銘打たれているだけあって、こんな物も展示されるのかと林が驚いたものもある。その中には日本の歌謡曲史に名前をとどめた流行歌の作曲者自筆の楽譜などもあった。

まず着任して上司から言い渡された仕事内容は次のようなものだった。

「林さん、着任おめでとう。まずあなたにしてもらいたいことがある。展示品が展示してある傍に解説文が添えてあるでしょう。その文章を全部書きかえて欲しいんだ」

「書きかえると言いますと？」

「展示品の性質に配慮しつつ、説明文を全部引っくり返して欲しい」

「文章を引っくり返す？」

「そう。わたしは今後の日本の政治状況、文化動向を考慮してもそれが正しい行為だと信じます。歴史は常に書きかえられるのです。出来ますか？」

「出来ないこともないですが、それは物議をかもしますよ」

「いいや、引っくり返された解説文は展示品の性質を変え、やがてこの国のあらゆる状況にしっくりと嵌まります。博物館に来館される方々はわたしたちの先見性に目を瞠ることでしょう」

「でも内容を真逆にするとして、それが不可能な文もあるでしょう。どうするんです」

「もともと色のない文章にあなたがあなたの才覚で彩色するのです。赤の反対は白というように。朝の反対は夜というように。歴史的時間を引っくり返すには、否定文や疑問形をおりまぜて、つまりあなたの博物学的知識はもとより文学的素養がためされます……」

「世界の焼き物や工芸品、美空ひばりや松田聖子が泣きますよ。いいんですか」

「それでもやって下さい」

博物館にある物品の解説文は何千とあるのだから、これを全部一人で書きかえるのは大変だ。林はもう一人雇ってはどうかと提案する。館長はしばらく考えてからこう返答した。

「それでは新人を雇う条件を出しましょう。林さん、それはあなたという人間の要素をすべて引っくり返した者がよい。人選はあなたに任せます」

林はやれやれ、これは余計に大変だと思いながら、新人学芸員の募集の広告を出すかたわら、博物館の展示品の解説文をひとつひとつ書きかえて行った。林は疑念を抱きつつ、熱心に仕事をした。ある西洋の歴史的宗教画の解説文を忠実に引っくり返すと、中森明菜の「Desire」の歌詞とそっくりになった。ある美術品は三日三晩、林が頭を抱えて書きかえた後、文章自体が泣き声を上げて退場してしまった。

ある中国の磁器に関する解説文は、引っくり返すというより否定形にした。

「これは中国広東省仏山市石湾にある石湾窯で焼かれた青磁の一部で北宋代にひらかれた有名な壺とは似ても似つかないものであり、今年の〇月までに修復される見込みというのは真っ赤な嘘だ」

林は解説文を書きながらしまいに切ない気持ちになった。これは美術品の歴史に対する冒とくではないか、と自分を責めた。

松田聖子の、「春色の汽車に乗って海に連れて行って」と誘う美少女の「赤いスイートピー」の歌は、林が念入りに引っくり返すと、白い薔薇をくわえた中年男性が「俺を真冬の銅山に連れて行け」という大時代的な労働歌になってしまった。

林は追加の人員も採用出来なかった。自分の人間的要素をすべて引っくり返した新人とはどんなひとか。さっぱり分からない。

林は自分の人間的要素を設定すると、ちょうどその中にそれと真反対の人間が同居しているのを確認した。林は自分というものがますます分からなくなった。彼は館長に助けを求めた。

館長は林のデスクの書きかけの解説文を読んで、「うん、これでよい。林さん、あなたは業界に新風を吹きこんでいる。学芸員というよりもキリストに近い。ますますがんばりたまえ」とはげますのみだった。

林は煩悶しながらこの人類史博物館の展示品の、真の価値を学んでいった。引っくり返された解説文は、かえって歴史的存在物の真の姿を露わにしたのである。それはこう言えばいいだろうか。キリストが愛を唱えるとかえって世界に戦争を呼ぶように、その戦争がさらに愛を呼び戻すような現実を……。

林の仕事は一番最後の陳列棚に向かった。

そこに展示してあったのは、長い間忘れていたが郵便局で見知らぬ老婆に手渡された小説のノート、その現物であった。

ノートは二冊あったのか。それは読まないでも分かる。そこには生のままの、弱々しい、そして優しい林の姿があったのだ。

＊

林は今こそ自分の人生を引っくり返すべく、ある決意をもって博物館を退職する。

林は自らのこれまでの歩みを出来る所から引っくり返す。手当たり次第に自己啓発本を読み、もっと儲かる職業を物色する。そして身につけた押しの強さを利用して小田原の、かつての会社の片思いの女性であるゆきちゃんに告白し結婚した。

林は非正規から正社員になった。ペーパードライバーからドライバーになり母親の介護を自宅から施設に移した。

彼はもう儲からない小説家志望をきっぱり捨てた。そして有能な投資家として活動し始めた。林が変わるにつれて国の形も変わって行った。

日本は平和主義から軍国主義へ。芸術やエンタメ業界は国防の宣伝に協力し始め、国際貢献を唱える日本は専守防衛の理想から先制攻撃も辞さない道へと進みつつあった。

初詣で

母は出がけに、あたしの黒い帽子はどこ？　と僕に尋ねる。母はもう八十を越えた老婆だ。どうしてそう知らないことを尋ねるんだい？　それも出がけに。今日は正月の三日の初詣でに行こうと決めた日だ。コロナの年の特別の外出だ。毎年、妹が京都から帰省するのに今年は感染防止のために帰って来なかった。だから今日は母と二人で初詣でに行くんだ。湘南二宮の川勾《かわわ》神社に二人で詣でる。

母はバスの出発時間に合わせて家を出ようとすると、必ずあたしの鍵はどこ？　とかケータイがないとか騒ぎ出す。この前は腕時計がない、だった。でも帽子はあったのだ（すべてが最後にいつも見つかる）。

さあ、早く行くわよと母は僕を追い立てるように玄関に促す。まるで僕が帽子を失くして遅れたみたいに。

だが母は丸い歯の欠けた顔に黒い帽子をかぶってご満悦とはいかない。むしろ慌てて玄関の扉に鍵をかけようとしてイライラする。扉の二つある鍵穴の上のやつに伸び上がるようにして鍵を当てている。それがどうしてもうまくいかない。僕は母の後ろ姿を見る。ああ、母よ小さくなったなあと思いながら。あの白いもこもこした綿の入った上着を着た母の外出の姿を何度見たことか。見るたびにあなたは小さくなって行く。まるで丸い驚いた目でこちらを見つめる白文鳥だ。

僕は、俺がやるよと鍵をかけるのをかわろうとする。でも母はそれを断固拒否して、あんた、去年の破魔矢を忘れずに持ったかい？　などと言っている。せっかくバスに間に合うように家の中で長い時間をかけて準備したのに僕はもう乗るのは無理だと思っている。帽子を捜している間に時は過ぎたのだ。

不安？　確かに。断っておくが僕は訳ありのあぶれものの人間だ。この年になって妻もなければ子もない。近所のひとにも会社の同僚にも、もうあのひとはあのひとだよと半ば放っとかれた人間だ。まず僕のような相手にされない消しがたい過去を持った人間はたとえ死んでも誰も葬式に来たりはしない。誰も僕に同情しなければ自身も自分に同情したりしない。僕がたとえばこの世に何か価値のあるものを残したとする。だがその折角の労作も僕の亡き後は名前を消し去られ、あいつはこれでいいんだと世間の暗黙の了解のもとに空気のように分配され、あるいは散逸する運命だ。

母はそんな僕の命をつなぎとめ親身に支えつづけてくれた唯一の存在。僕の体は母の作った全ての食事で出来ている。僕はそれを家の中で隠れるように食べている。僕はいつまでも母と一緒に食事をしたい。でもそれが叶うかどうか。こんな事は田舎ではままあることなのだ。

さて、われわれふたりは、田舎のバス停で次に来るバスは一時間後だと確認する。母は怒りで頭に湯気を立てながらコロナ禍の正月の三日のガランとした車道にはみ出すようにふらふらと歩き出す。八十過ぎの年寄りが二キロも先にある駅を目指して歩くのだから大変な苦労だ。母よ、あなたの怒りは簡単には静まらない。たまに自分を避けて通る自動車にアル中のように挨拶しながらヨロヨロと歩く姿は僕のこの日のトピックとして強く記憶される。ああ、すぐそこに白文鳥のような母親がいる。

それに駅についてからも問題なのだ。川勾神社は国道を小田原方面へ下った先の二宮西中学がある間道を入ってさらにそこから山の方へ歩いて一・五キロは優にある。こんな時、妹がいればなあ。妹なら二宮駅の南口のどのバス停の何番に乗ればよいかすぐに調べてくれる。国道を走る正月の箱根駅伝はすでに二宮のポイントを通過していた。三日の復路というやつだ。今年は沿道で応援するひともまばらだ。僕らは結局、駅から何番のバスに乗ったらよいか分からず、国道を国府津《こうづ》方面へ向かって歩いていくことになった。

母は僕の後ろを遅れがちについて来る。歩くことに神経を集中させて、やはり少ししんどそうだ。僕は歩きながら後方に尋ねる。ねえ、この国道を下った先に本当に神社はあるかい？　母は即座に答える。何を馬鹿なことを言ってるの。しっかりしなさい。そうだ僕は馬鹿だ。一時間くらい歩いた時、僕らはちょうど富士山がきれいに見える橋の上の絶景ポイントまでやって来た。よくここまで来た。今日は拝めるかな。だがいくら目を凝らしても遠く寒そうな空気が白く煙っているばかりで富士山は姿を現さなかった。ふたりともそんな事は気にしない。

おお川勾神社よ。あなたへの清新な道は近くて遠い。遠くて近い。僕らのフレッシュな感性は深まってくる。僕はなぜかこの神社への道を正確に記憶することができない。初詣での時しか通らないのだが、歩くたびにいつも驚きがある。僕らは空間のしわを伸ばす。

すると唐突に川勾神社入口という木製看板が見えて高い石段が姿を現す。石段の上りはあなたにはきついねえと僕が言うと、母はゆっくりと横から回る坂道の急ではない平坦な行路を特別に見つけ出して上がってくる。ジグザグに。

とうとう僕らは川勾神社の神様の前に、雲の上に上がって来た、参上したという思いで辿り着く。神社の境内は、例年に比べてひとはまばらであった。

僕らはここへ来てまず一番大切なことをしなければならない。それは拝殿の前に立って手を合わせることである。お詣りすることである。でもその前にすることがある。母は去年の破魔矢を大事に白い和紙でくるんだのを取り出して神社の社務所にいる娘さんに手渡した。それから手水舎《ちょうずや》へ行って手を清めた。コロナ禍で口にふくんではいけないと制約がついていた。

神社を囲む森を透かして青い山並みがうっすら見える。石のベンチで休んでから茅《ち》の輪《わ》という名の大きなわら縄の輪の中を無限大の記号のようにくぐった。ああ、去年もくぐったなと思いながら。他の参拝者の見様見まねで通り抜けたのだ。僕は財布を開いてお賽銭にする小銭をさがす。あとでおみくじの分を数えるとこの一枚というのしかなかった。母は怪訝な顔で僕を見た。あんたお金あるの？　僕はあるよ心配しなくていいと答えた。

さて、これから拝殿に上がって二礼して手を合わせる。これが僕の最も緊張するシーンである。神様に礼を失することがないようにと思いすぎる為か、ここ拝殿では一挙手一頭足が見られているという緊張で頭の中が真っ白になるのだ。時間をかけてたっぷりと手を合わせるということが僕には出来ない。傍から見ればしっかりと手を合わせているように見えるかもしれない。そこで僕は拝殿で、神様を前に他のひとを交えないで一人で手を合わせるという、神様との一対一の関係が稀有に成立した瞬間を強く感じる。僕の後に母が続く。母は僕よりよほど落ち着いて手を合わせている。時間をたっぷりかけて祈っている。拝殿では他人の全てのコメントははね返される。たとえ通信技術が幾ら発達しても僕らの空間には食い込めない。この神との絶対の関係性こそコンピュータの支配する現代でも神社に来てお詣りする意味なのだ。母は今日、一番大切なことをし終えたという晴れ晴れとした落ち着きとともに僕の許にやって来る。

さあ、おみくじをひかなくちゃと母は僕を促す。あんた、お金あるの？　とまた聞く。僕は母が箱の中のおみくじをかき回してひとつを選んだのを見た。僕はおみくじを開けている母の横でこう念じた。大吉が当たれ、大吉が当たれと。すると本当に大吉が当たったのだ。やったぞ、母の今年の運勢は大吉だ。

こうして僕らは今年の正月のお詣りを終えた。帰り際に神門のところで母と僕は神様にむかって御辞儀をした。帰りのバスを見つけた。結局、最寄りのバス停からふた駅とかからぬ所に二宮駅はあったのだ。僕の頭の中で、空間はまた畳まれてしまう。いつ来ても不思議な場所にあるな、川勾神社は……。

夕暮れの二宮駅は薄茶色の空の下に忘れ去られたように建っていた。今日はよく歩いたよ。あたしは以前から杖がほしい、ほしいと思っていたの。腰が痛くてね。駅の入口の前で少し休んでいた母は急に左手前方に歩き始める。近くに花屋があるんだよ。

目当てはシクラメンだ。同じシクラメンを見比べると色の鮮かなこんもりしたものは高価だ。花屋の店頭で母はこれまで何度も見て買うのを諦めていた。シクラメンは長持ちがする。冬はどうしてもシクラメンだ。僕は思い切る。財布を出してこれを下さいと花屋に告げる。僕には少し痛い価格帯の鉢だ。買った花に顔をうずめて母がひとりごつ。ありがとうよ、ピンクのシクラメンも悪くないね。「他のと比べなきゃね」と僕。

あとがき

この本を読んでくれた方々にまず感謝します。

扉に献辞こそ書きませんでしたが、この本は老いた母親の姿を後世に残したい一心で書きあげました。

僕は統合失調症を患って二十年になります。僕は欠点の多い人間で、ひとに言えないこともたくさんあります。でも、この病気を欠点と思ったことは一度もありません。

特に、この本の中の「詩人の家」という作品は、この病気の者にしか書き得ないものであり、僕はこれを書き終わった後に、主人公のますぞうが悲劇的な結末を迎えるにもかかわらず、長年の心の傷や重荷から解放された気持ちがしました。

もし、読者の中で僕と同じ気持ちを持つ方がいましたら、作者としてこんなに嬉しいことはありません。数は少ないと思いますが。

では、あらためて、この本を読んでくれた全ての読者に感謝します。一緒に本を作ってくれた文芸社の方々にもお礼を言いたい。

本当にありがとう。

二〇二四年十一月

杉山　優

著者プロフィール

杉山 優（すぎやま まさる）

1967年、神奈川県生まれ。1988年、龍谷大学文学部哲学科に入学。ハイデガーや筒井康隆などを耽読。卒業後に大阪で事務職を経た後、詩をつくる。2001年に生まれ故郷の二宮町で詩集『キエナに帰す』を出版。2020年コロナ禍より大学ノートに小説を書き始めて現在にいたる。なお、本書は小説としては著者の初めての作品集。

詩人の家

2025年4月15日　初版第1刷発行

著　者　杉山 優
発行者　瓜谷 綱延
発行所　株式会社文芸社
〒160-0022　東京都新宿区新宿1-10-1
電話　03-5369-3060（代表）
03-5369-2299（販売）

印刷所　株式会社フクイン

ISBN978-4-286-26342-7　JASRAC 出2408701-401